est le mille vingt-troisième ouvrage
publié chez
VLB ÉDITEUR.

Direction littéraire : Annie Goulet
Design de la couverture : Jason Cantoro

Catalogage avant publication de Bibliothèque et Archives nationales du Québec et de Bibliothèque et Archives Canada
Jannelle, Geneviève, 1981-
Pleine de toi
ISBN 978-2-89649-580-1
I. Titre.
PS8619.A677P53 2014 C843'.6 C2014-940381-X
PS9619.A677P53 2014

VLB ÉDITEUR
Groupe Ville-Marie Littérature inc.*
Une société de Québecor Média
1010, rue de La Gauchetière Est
Montréal (Québec) H2L 2N5
Tél.: 514 523-7993, poste 4201
Téléc.: 514 282-7530
Courriel : vml@groupevml.com
Vice-président à l'édition : Martin Balthazar

DISTRIBUTEUR :
Les Messageries ADP inc.*
2315, rue de la Province
Longueuil (Québec) J4G 1G4
Tél.: 450 640-1234
Téléc.: 450 674-6237
* filiale du Groupe Sogides inc., filiale de Québecor Média inc.

VLB éditeur bénéficie du soutien de la Société de développement des entreprises culturelles du Québec (SODEC) pour son programme d'édition.
Gouvernement du Québec – Programme de crédit d'impôt pour l'édition de livres – Gestion SODEC.
Nous reconnaissons l'aide financière du gouvernement du Canada par l'entremise du Fonds du livre du Canada pour nos activités d'édition.
Nous remercions le Conseil des arts du Canada de l'aide accordée à notre programme de publication.

L'auteure tient à remercier le Conseil des arts du Canada pour son soutien financier.

Dépôt légal : 1er trimestre 2014

www.editionsvlb.com

Chère Annie,
prends un verre
de vin rouge
à ma santé,
parce que
quand on est

« PLEINE DE TOI »

paraît qu'il vaut
mieux s'abstenir...
:)

Bonne lecture!

Geneviève
xxx

De la même auteure

La juche, Montréal, Éditions Marchand de feuilles, 2011.
Odorama, Montréal, VLB éditeur, 2012.

Geneviève Jannelle

PLEINE DE TOI

roman

vlb éditeur
Une société de Québecor Média

À ma mère,
qui, elle, n'a jamais eu peur.

EN TOUT CAS

Antoine voulait toujours avoir raison. C'en était agaçant. Au milieu d'un souper entre amis ou d'une fête, dès qu'on avait un public en fait, on lançait la machine. On se tenait tête comme des politiciens au débat des chefs. On s'évertuait à le cacher, mais ça nous amusait. Beaucoup. L'équivalent adulte des «pestacles» imposés à la visite par les enfants. Entre l'entrée et le plat, au Continental, on devenait le trou normand. Entre deux pintes au Alexandraplatz ou pour égayer une soirée maison un peu morne, quand tous avaient refusé les shooters, on se faisait digestif. On débattait jusqu'à ce que l'un ou l'autre finisse par mettre la main sur une preuve tangible scellant sa victoire. Il brandissait son iPhone, me montrait une page Wikipédia; je débusquais un dictionnaire récent ou un témoin crédible. Et là se jouait l'invariable finale de nos affrontements: le vainqueur souriait d'une oreille à l'autre, tandis que le perdant prononçait la réplique ultime, ces trois mots qui sauvaient chaque fois l'honneur en n'avouant qu'à moitié la défaite, en laissant planer la persistance d'un doute : « En tout cas… »

Trois mots en suspens, vides, mais lourds de sens, couronnés d'un regard qui allait invariablement se perdre vers la gauche, dans un détail du plafond. Trois mots généralement suivis d'un rapide changement de sujet ou d'un enthousiasme démesuré pour la carte des desserts. Surtout, preuve ou pas, ne jamais avouer la défaite.

On adorait ces joutes-là, on se donnait en spectacle, pour le plaisir d'entendre nos amis marmonner, dès les premiers signes : « Bon, ils recommencent… » Ils jouaient les exaspérés, mais on savait, rien qu'à voir leurs yeux brillants et leurs corps tendus vers nous, qu'ils appréciaient nos numéros. Parfois, on se retenait pour ne pas saluer à la fin. À force de rejouer nos rôles, on avait développé un certain talent. On était doués. On savait garder notre sérieux, moduler notre ton et ajouter de l'emphase aux bons moments pour que notre public s'amuse, pour qu'il s'excite. On savait puncher.

— Vous autres, la génération Y, vous pensez que tout vous est dû ! Enfants rois ! Vous vous pointez dans les milieux de travail pis vous pensez qu'on va vous attendre les bras ouverts, prêts à vous donner le bureau en coin pis le gros titre. Vous vous prenez tellement pour le bout' de la marde…

— Comment ça, « vous » ? Depuis quand t'appartiens pas à la même génération que moi, Antoine Blais ?

— T'es née après 1980. Moi, avant. Je suis un X.

— Ah oui, les X ! La génération soumise !

— Pfff. Pis les Y ? Dépolitisés, individualistes, consuméristes ! Génération d'égoïstes !

— On est pas égoïstes. On a juste compris tôt qu'on pouvait se fier à personne d'autre qu'à nous-mêmes.

— Bon, bon, bon... Pauvres petits Y...

— Excuse-moi, mais quand tu grandis avec la menace du sida, du trou dans la couche d'ozone, du terrorisme pis du chômage parce que les boomers ont déjà pris toutes les jobs, tu te dis qu'il va falloir être créatif si tu veux arriver à quelque chose. On a été élevés aux avertissements. Ça fait qu'à un moment donné on a compris : on attend rien des autres.

— Élevés ? Vous avez été pas mal plus aimés qu'élevés, si tu veux mon avis. Ça fait que vous êtes tellement convaincus de votre grande valeur, d'être tellement mieux que les autres, que vous êtes incapables d'attachement !

— Belle généralisation ! Ça fait combien d'années qu'on est ensemble, déjà ?

— On est ensemble, nous ?

Deux gamins, le sourire en coin, dans des corps de grands ; un jeu de guerre, avec nos convictions respectives et notre bagou en guise d'armes. Quand le duel prenait fin, on se boudait un peu, pour la forme. Je dégainais mon rire de fifille – ce rire trop aigu, un peu niais – et j'allais glousser aux blagues des autres hommes, même les moches. Je riais en posant une main sur leur biceps, m'assurant de demeurer dans le champ de vision d'Antoine. Lui se pavanait devant les nouvelles filles, les impressionnables, celles qui ne nous connaissaient pas encore. À l'issue de ces soirées-là, on rentrait et on baisait comme au premier jour. On atteignait notre quatre et demie de l'avenue du Parc de peine et de misère, scotchés l'un à l'autre, poussant la porte avec mon dos si j'avais perdu l'affrontement; avec le sien si j'avais gagné. Le vainqueur prenait l'autre: c'était la règle, même si on ne l'avait jamais clairement formulée. On égarait parfois des vêtements dans l'escalier de fer forgé, à l'extérieur, des pièces à conviction que le voisin d'en bas, indulgent, glissait ensuite dans notre boîte aux lettres. Notre amour inimitable distrayait aussi le voisinage.

Après avoir flirté et rivalisé d'indépendance, après s'être mutuellement titillé la jalousie, on s'aimait fort. Dans les cris, la sueur et le K-Y, on jouissait d'être nous, un vieux couple à l'épreuve du temps et de l'assèchement. Parfois, on brisait des meubles, mais c'était rare, et jamais un meuble antique ou de grande valeur. Quand l'envie d'être dévastateurs nous prenait, on se contentait de massacrer du Ikea. Et, dans les débris d'un meuble suédois au nom imprononçable englué de trémas et d'accents circonflexes, on orgasmait en simultané. Maelström de bois pressé et de spasmes synchrones. On gardait les factures. Les adolescents du service à la clientèle vous regardent de travers, mais ils reprennent tout, chez Ikea.

Bref, Antoine voulait toujours avoir raison.

Et, en ce matin de mai, sur la rue Rachel, quand le camion est sorti de la ruelle comme un boulet, quand mon homme et son vélo ont été percutés tellement fort que le casque a fendu et le corps aussi, Antoine avait tout à fait raison d'être là. Raison de rouler avec insouciance sur la piste cyclable: on était dans la période réglementaire, la petite affiche avertissant les automobilistes de la présence d'une piste cyclable était en place – même pas cachée par une branche feuillue, comme c'est si souvent le cas –, la grenaille hivernale avait été balayée. Antoine était coiffé du beau casque orange que je lui avais offert à Noël, ne portait pas d'écouteurs, adoptait un comportement écologique, faisait plaisir au maire Ferrandez, respectait scrupuleusement les feux de circulation et le Code de la route. Le gars dans le pick-up était dans son tort.

Mais ça donne quoi, d'avoir raison, quand on est mort ?

CE QU'IL ME RESTE DE MES COURS DE CATÉCHÈSE

J'avais dû afficher trop de certitude. Le bonheur prolongé, ou l'absence de difficultés majeures, a souvent cet effet-là sur les gens : ils sont convaincus d'avoir trouvé la recette, croient que leur balloune restera gonflée à tout jamais. J'avais péché par excès de confiance, cru que tout cela m'appartenait, que j'aurais toujours à mes côtés un homme pour m'aimer. L'amour à perpétuité.

Peut-être même cru que je le méritais.

Les gens comme moi, on les adore et les déteste. D'un côté, on veut s'y frotter, tenter de garder sur ses vêtements un peu de la poudre de perlimpinpin qui semble les recouvrir. D'autre part, l'envie est forte de leur faire une jambette. Notre vie, à Antoine et moi, allait illégalement bien. On avait commis, envers le reste de l'humanité, une injustice irréparable : celle de ne pas se heurter aux écueils ordinaires. L'adultère, la lassitude, les fesses qui élargissent et le ton qui monte : la route était pavée, mais on avait préféré inventer un sentier, tenter de s'élever au-dessus de la masse, de s'aimer inhumainement. La facture de cette excursion-là venait d'arriver. Le bonheur n'est jamais offert à tarif préférentiel, tenez-vous-le pour dit.

Moi qui me suis longtemps crue affranchie des effets pervers de mon éducation religieuse, je constate que ma pensée, en temps de crise, suit les mêmes chemins tracés d'avance que celle de tout bon catholique. Un automatisme. Un clou enfoncé si profond qu'il finit par faire partie du bois. *Maudite pensée judéo-chrétienne de marde.* Comme si nul n'avait le droit d'être heureux ici-bas. Ainsi, quand la baffe finit par arriver, on se dit que c'était prévisible, qu'on a même couru après, à brûler le bonheur par les deux bouts, qu'on aurait dû savoir qu'il faudrait s'acquitter de cette dette un jour ou l'autre.

Wô, la grande, tu pensais quand même pas qu'on était sur Terre pour avoir du fun ? J'avais vécu comme si j'y croyais et, pourtant, ça m'a semblé dans l'ordre des choses que d'expérimenter le retour du balancier. Comme si j'avais toujours su qu'un revirement m'attendait. Je m'étais juste payé le luxe du déni dans l'intervalle.

Je viens d'un village, et un petit. Je suis de cette dernière génération rurale qui n'ait pas échappé à la messe du dimanche. Entre les cours de catéchèse, les préadolescents formés pour être servants de messe et les dizaines de répliques à apprendre par cœur pour être ânonnées servilement au bon moment pendant la cérémonie, ce sont des milliers de petites têtes québécoises qu'on a contaminées durant les années 1980. « Seigneur, je ne suis pas digne de te recevoir, mais dis seulement une parole et je serai guérie. »

C'était alors parfois mon rôle d'agiter les clochettes, pour donner à cette phrase tout son poids, pour créer un écho, un vide forçant les ouailles à méditer. Vêtue d'une aube de lin crème, une cordelette de jute enserrant ma taille étroite, je faisais tintinnabuler les grelots à la gloire de Dieu, les yeux fixés sur cette statue du Christ sanguinolent, troué, l'air extatique, heureux de souffrir de façon aussi ostentatoire ici, sur Terre, pour nous faire comprendre que le bonheur est ailleurs. Ça laisse des traces dans un jeune cerveau. Comment avais-je pu refouler ça ? Quand la vie avait pris ses airs de banquet, qu'elle avait déployé ses charmes, flirté avec moi, j'aurais dû la trouver louche, être préparée à l'idée que ça ne durerait pas. Pas normal d'être aussi heureux. *T'as pris de l'avance sur ton ciel, fille…*

Quand ils sont venus frapper, dans leurs habits de policiers, ç'a donc été ma première pensée : tout ce bonheur en attendant ma claque. Comme si j'avais su, depuis le tout début, qu'un grand sablier doré avait été retourné à ma naissance, que le sable allait s'écouler, lent, constant, jusqu'à ce moment-là. Le dernier grain avait fini par atterrir au sommet du tas, sans bruit. Irréversible. N'était-ce pas pour cette raison que j'avais toujours eu le rire facile, que j'avais été si douée pour le bonheur, que j'avais bouffé la vie avec deux cuillères ? Je savais que mon temps était compté, qu'il fallait en profiter. *Tu savais bien, non ?*

Avant même que j'ouvre la porte, à travers les carreaux de la fenêtre quatre yeux fuyants de policiers avaient déjà tout raconté : j'étais orpheline d'amoureux. Je n'ai pas cru bon de tourner la poignée pour savoir quels mots ils choisiraient pour le répéter. Enroulée dans une serviette de bain blanche, je suis restée debout longtemps à les dévisager – un enfant nu, stoïque, devant un tank, dans un pays en guerre –, jusqu'à ce qu'une tache rouge, mouvante, sur ma gauche, attire mon œil.

J'ai ouvert, poussé les policiers un peu. Une des bretelles de mon soutien-gorge rouge de la veille dépassait de la boîte aux lettres, dansait dans le vent. J'ai tiré dessus, l'ai posé sur mes oreilles puis placé mes mains par-dessus, me suis assise par terre.

Deux bonnets écarlates, bien rembourrés, contre le cru du réel.

À CHACUN SON 911

Ils ont demandé un numéro, une personne à qui téléphoner pour qu'elle vienne me surveiller. Ça doit être la procédure. Ou peut-être que je les inquiétais, prostrée, jouant les Alys Robi sur le carrelage de la cuisine. De *ma* cuisine. Tous les « nôtres » devenaient « miens ». Pourtant, je ne me possédais plus. J'ai récité le numéro de Christophe comme une fillette qui veut montrer qu'elle sait compter. Dix chiffres, un numéro que je connais encore par cœur, malgré l'amnésie générale qu'engendre la possession d'un cellulaire.

Christophe est arrivé à vélo en un rien de temps. Il a grimpé l'escalier quatre à quatre, sa bécane poids plume à trois mille dollars sur l'épaule. Il l'a appuyée contre le mur et a congédié les policiers avant de se tourner vers moi. J'étais toujours en boule par terre, enroulée sur ma douleur, chape de chair autour d'une pierre. J'écoutais, ahurie, mes propres hoquets.

Pas de larmes, pas de sanglots. Juste une série inépuisable de haut-le-cœur disgracieux, comme si mon corps essayait de vomir la nouvelle, de la rejeter. Une vraie réaction, authentique et laide, qu'on ne porterait jamais à l'écran parce que personne ne voudrait voir ça. Aucun autre spectateur que Christophe ne serait resté pour regarder.

J'ai vu ses pieds s'immobiliser devant mon visage, reconnu ses chaussures trop fashion pour le reste des mortels. Je n'ai pas voulu lever les yeux, pas osé affronter l'écho de ma douleur, reflétée dans ses larges pupilles. Comme toujours, il m'a comprise sans avoir besoin de mots. Il s'est accroupi sur le plancher froid et s'est coulé derrière moi, au milieu des millions de miettes et de graines de sésame que Fairmount Bagel semait partout dans ma vie. Il m'a tenue serrée, m'a enlacée en cuillère, s'est fait ancre pour me garder ici-bas, sachant d'instinct qu'il lui fallait me rattacher à ce monde pour que je n'en crée pas un meilleur où m'enfuir. Depuis le début de notre amitié, Christophe avait pris l'habitude de me donner un petit nom différent chaque fois qu'il s'adressait à moi. Dans son mutisme, ce jour-là, j'en ai entendu des milliers.

On est restés ainsi des heures durant, en silence, sa barbe piquant ma nuque, son affection me pénétrant par osmose, avant que je ne cesse de hoqueter. Âmes sœurs de rechange.

Dans mon crâne gisant contre le carrelage, il y avait pourtant une ruche. Ça fourmillait, et j'étais dépassée. Chaque pensée tuait un peu. En moi s'opérait une lente et inexorable métamorphose : je devenais un sac-poubelle à deuils. Grand format. Orange.

Mon amoureux était mort, et avec lui s'évaporait le catalogue des possibles, toutes les vies imaginées ensemble ou à son insu, tous les projets fous et trop ambitieux, tous les enfants qu'on aurait peut-être eus et toutes les rides, creusées en symétrie sur nos visages. Il n'y aurait plus de ces ébats trop fougueux pour la trame sonore, pour ces airs de jazz suaves qu'il aimait écouter pendant l'amour; plus de Petits Poucets lubriques pour semer des vêtements dans l'escalier; plus ses mains voletant comme des oiseaux sur sa contrebasse ou au-dessus de la table lorsqu'il racontait une histoire. Chaque infime souvenir d'Antoine venait ajouter un deuil dans le sac, venait en gonfler la pellicule. Des rangées de pierres blanches à l'infini dans ce cimetière de nous deux. Mille choses à rayer sur la liste, non pas avec la satisfaction de les avoir accomplies, mais avec le désespoir de savoir qu'elles ne se réaliseraient jamais.

Et puis ce constat, décharge électrique paralysante, coup de masse dans les vertèbres: on ne m'aimait plus. Une seule personne avait eu pour tâche officielle de m'aimer – lourde tâche, l'amour étant mon moteur, mon carburant, la condition *sine qua non* pour que j'avance, le fondement de tout le reste –, et cette personne venait de s'effacer, me laissant indigente. Mes amis, ma famille pouvaient bien me couvrir de sentiments bienveillants, à m'en étouffer même; je n'étais plus la personne la plus importante pour qui que ce soit. Qu'une moitié qu'on force à se prendre pour un tout.

Quand le soleil s'est couché, Christophe s'est relevé et m'a soulevée dans ses bras, aussi facilement que son vélo. J'étais légère et lourde à la fois, comme un cadavre de chatte euthanasiée. La serviette de bain a glissé au sol. Je n'aurais pas cru pouvoir me sentir plus nue encore. Il m'a jetée dans un vieux t-shirt trop grand, un de ceux d'Antoine, s'est étendu à mes côtés et m'a veillée comme on veille une fillette fiévreuse. Il a caressé mes cheveux tandis que je fixais deux petites boules noires, sur le plancher.

Ses bas sales de la veille.

Ça aussi, il faudrait le rayer de la liste, même si ça n'y avait jamais figuré. J'aurais tout donné pour qu'il laisse encore traîner ses chaussettes dans notre chambre à coucher. Des bas sales à profusion, encore et encore, jetés pour moi, au sol, comme des pétales de roses.

Et de vieux caleçons troués, comme des nénuphars flottant à la surface du lac de mon bonheur perdu.

BRAILLER AVEC LA VOIX DE JANIS JOPLIN

J'ai fait ce qu'il fallait faire. Tout le cirque. Les papiers, le salon funéraire, le choix des fleurs, de la boîte à cadavre. Et des textes, encore et encore : à lire à l'église, à publier dans la colonne nécrologique des journaux, à faire imprimer sur des signets, en dessous d'une photo entourée d'un flou censé illustrer le confort douillet des limbes. La poésie rugueuse des mots pour faire semblant qu'on comprend, que ça arrive, la mort, que c'est dans l'ordre des choses, que ça fait partie de la vie. Et de la paperasse, encore et encore. Parce que de mourir à la mi-trentaine, on l'a plus ou moins prévu, en général. Un testament, à trente-cinq ans, quand on est en santé, sans enfant ni hypothèque, on ne met pas ça bien haut sur sa *to-do list*. Alors j'ai joué dans ce film-là comme si c'était le rôle de ma vie ; j'ai tout donné. Je me suis vêtue de noir, me suis fardée.

Même mes lèvres.

Jamais je ne maquille mes lèvres. Elles sont faites pour embrasser, à toute heure du jour, sans tacher, sans beurrer, sans laisser de traces sur mes dents ou son cou. Son cou mort. Je les ai grimées pour la mascarade.

Une semaine passée dans un brouillard épais. Un brouillard que je tenais en laisse, harnaché serré. Surtout le retenir. S'il s'était dissipé, j'en serais morte. Mieux valait être brumeuse et somnambule pour échapper au tranchant du réel. Floue, comme les contours de sa photo sur les signets mortuaires.

Au-dessus d'un cercueil dont il aurait ri, je me suis penchée et je n'ai pas crié. J'ai regardé la literie de ce lit trop doux, trop satiné ; j'ai promené mes doigts sur ce bois trop luisant et trop verni pour son corps de bûcheron, pour ses grandes mains capables de prendre les échardes. Antoine semblait avoir hérité d'un physique d'une autre époque, où la force brute était encore un atout ; sa dégaine était celle du paysan laboureur, costaud, enraciné solidement dans la terre humide et noire, massif comme un cheval de trait. Un être d'une telle carrure aurait dû finir étendu sur du bois de grange bien gris, fleurant bon la paille et les ébats des chevaux.

Je n'ai pas crié.

Je n'ai pas respiré non plus.

Devant son visage de poupée de cire, la version Madame Tussauds de l'homme de ma vie, mon estomac s'est contracté sur une enclume. Une femme à la dérive ne peut digérer cela. C'étaient mes poumons à moi qu'on avait envoyés pour le don d'organes. L'air entrait dans ma gorge et s'arrêtait là. Fin du trajet. De cette ancre échouée dans mon ventre partait un cordage brut, noué serré autour de mes cordes vocales. La fibre rêche de cette amarre, coulissant dans ma gorge, me donnait une voix sexy et râpeuse. J'étais la Janis Joplin des éplorées. Et à mes côtés dans cette pantalonnade, comme un duo d'anges en mission, mes meilleurs amis s'érigeaient en rempart entre le monde et moi.

Christophe et Simone.

Mes amis-béquilles.

Les yeux de Christophe, surtout, me maintenaient debout ; ceux des autres me vitriolaient. Parce qu'au-delà de leur chagrin sincère, de leur empathie et de leurs larmes, c'était toujours là : le soulagement, celui de n'être pas moi, d'avoir écopé d'une souffrance au second degré. Mon enfer personnel leur permettait de goûter davantage leur propre vie, de remettre les choses en perspective. Les trente livres en trop de Simon, le refoulement d'égout de Valérie ou le cambriolage chez Stéphane : de la petite bière, après tout. Ils venaient de perdre un ami, un collègue, une connaissance, certes, ils s'en trouvaient peinés, mais ç'aurait pu être pire. Ils auraient pu être moi. Moi et mon cœur comme un dedans de figue, en bouillie grenue, pas jolie, mais dont tout le monde se délecte.

Christophe, lui, souffrait presque autant que moi ; ça se voyait. Mon meilleur ami avait toujours été la troisième roue de notre couple, l'autre homme de ma vie. Son habituelle trajectoire, en orbite autour de notre duo solaire, aujourd'hui vacillait. Quand le noyau implose, le satellite dérive. De peur de le perdre, je le talonnais comme un chiot sans mère.

Pour ce spectacle que personne ne voulait voir, il avait gagné, lui aussi, des billets au premier rang. Et toute à mon soulagement égoïste de n'être pas seule dans les flammes, j'escamotais un détail : Christophe avait mal, principalement, à cause de moi. Me protéger avait toujours semblé faire partie de sa description de tâche, de sa mission sur Terre, et il ne savait plus comment y arriver. Un ange gardien à l'aile déplumée souffrant de me voir blessée.

Quant à Simone, elle semblait s'être retirée quelque part en elle-même. Elle se tenait droite à mes côtés, son visage d'ordinaire si lumineux affichant la plus totale incrédulité. Le chagrin paraissait ne pas avoir encore trouvé son chemin sur ses traits. Chaque pli, chaque muscle disait plutôt le refus. Simone croyait me soutenir, mais pesait lourd sur mon bras.

Son abattement m'agaçait.

Une possessivité, un égoïsme nouveaux se formaient en moi, cherchaient à faire surface. Tapies sous mon cœur sanguinolent, des envies de hurler, de faire une scène, de mettre tout le monde dehors ; de leur faire ravaler leur deuil de pacotille et de rester seule avec lui. Seule. *Personne n'a aussi mal que moi. Cette douleur-là m'appartient.*

Il m'appartient.

Je me suis contenue. J'ai joué les veuves de mon mieux, gratté mon poudrier intérieur pour me farder d'un peu de dignité. J'ai donné le change. Ça m'a épuisée.

Entre Antoine et moi régnait une entente tacite : j'étais l'aimée et lui, l'aimant. Mon amour à moi était cru, sans fioritures ni maternage, plus désinvolte qu'empressé. Je ne savais aimer autrement qu'en faisant semblant de ne pas trop. Qu'avec réserve. Prendre soin de l'autre, c'était sa part du marché, et voilà que l'axe du monde s'était renversé.

Quand j'ai fini par rentrer chez moi, j'ai fait ce dont je rêvais depuis l'accident, ce geste que je m'étais refusé jusqu'ici : je suis allée tout droit dans la salle de lavage, j'ai retourné le panier plein et me suis vautrée dans les vêtements sales d'Antoine. Christophe, debout dans l'embrasure de la porte, m'a regardée un instant et s'est retiré. J'ai fini par m'endormir là, au milieu des effluves de fin de journée de mon homme, comme un enfant dans les manteaux de fourrure à Noël dans les années 1980.

LA MEILLEURE VANILLE EN VILLE

Antoine et moi n'étions que de vieux enfants. Un couple étirant les années, repoussant l'étape à venir. Les adultes, eux, noient leurs étreintes entre les draps blancs d'hôtels-boutiques ou dans les remous d'un Jacuzzi ; nous, c'était dans les jeux de balles chez McDo. On boudait les taxis pour partager un Bixi, un peu soûls, moi sur le siège, jambes ouvertes au vent, cuisses contractées pour éviter la brûlure du pneu ; lui, pédalant debout, fesses serrées. Un été, nos trajectoires gamines se sont croisées. Dans une crémerie. Évidemment.

L'été de mes vingt et un ans, j'avais obtenu un stage auprès d'un photographe réputé. Un grand fendant qui me malmenait plus qu'il ne me mentorait au quotidien. Ce jour-là, il avait été encore plus rude qu'à son habitude, et la crème glacée m'était apparue comme le seul moyen de reprendre goût à ma vache de vie. Direction Meu Meu, sur Saint-Denis, juste en bas de Mont-Royal.

Meilleure crémerie au monde. Point.

J'avais pris place dans la file en tapant du pied et en étirant le cou pour essayer de lire les parfums du moment à l'ardoise. Deux employés servaient les clients et, mon tour venu, pendant que l'un d'eux s'était attelé à m'empiler une boule au vinaigre balsamique, une au gingembre et une troisième au cari, je n'avais pu m'empêcher d'entendre la commande de l'autre client, sur ma gauche, un grand gaillard impossible à ignorer avec son étui de contrebasse sur le dos, coincé dans l'étroit espace séparant le mur du comptoir.

— Trois boules à la vanille.

— Vanille de Madagascar ?

— Ben… vanille, là…

J'avais étouffé un petit rire, et le grand bouclé, piqué, s'était tourné d'un bloc – tête, corps, contrebasse – vers moi et ma prétentieuse commande de glaces exotiques.

— Tu y as déjà goûté, à leur vanille ?

Non, je n'y avais jamais goûté. Devant plus de cent vingt parfums en rotation, jamais je n'avais manqué suffisamment d'inspiration pour commander une vulgaire glace à la vanille. Et puis, au prix que coûtait la boule chez Meu Meu, je considérais que je payais un peu pour l'exotisme.

— OK, mais t'as pris quoi, toi ? Ça sent le poulet au beurre, ton affaire…

Sous son regard peu impressionné, j'avais fièrement énuméré mes trois saveurs en pointant chaque boule du doigt. Il m'avait suivie dehors, l'air dubitatif.

Je m'étais assise sur le bord du trottoir, les deux seuls bancs devant chez Meu Meu étant occupés, comme toujours. Malgré l'énorme instrument sur son dos, il avait réussi à poser ses fesses à mes côtés, sans demander la permission, ce qui m'avait plu. Je me souviens d'avoir remarqué ses chaussures et de lui avoir mentalement accordé des points. Contrairement à la jeune femme moyenne, le jeune homme moyen, lui, en possède généralement moins de dix paires, dont une d'espadrilles et deux qui brillent trop, qu'il garde pour les enterrements et les mariages. Les chaussures d'un homme parlent de lui, lui ressemblent, et les siennes, des baskets kaki montant haut sur la cheville, faites de tissu matelassé, avaient de la personnalité. Je n'ai su que plus tard, lorsqu'il m'a offert les mêmes, en version féminine, qu'il les avait achetées à New York, qu'on n'en trouvait pas de telles à Montréal. À ce moment-là, une *pick-up line* célèbre m'avait traversé l'esprit : *Nice shoes… Wanna fuck ?* Refusant de goûter à mes glaces, il avait tout de même insisté pour m'offrir une bouchée de la sienne.

— Tu vas voir.

Et j'avais vu. Sublime ! Le parfum de vanille était puissant, la glace, d'un beige crémeux, était parsemée de petits grains épicés. Un goût prononcé et torride, venu d'ailleurs ; un goût d'île et de chaleur sucrée, à des années-lumière de la brique de deux litres blanchâtre que ma mère laissait se cristalliser dans le congélateur. Quant au contenu de mon propre gobelet, j'avais été servie, en terme d'exotisme : la boule au vinaigre balsamique était la plus intéressante, avec un goût aigre-sucré-caramélisé, et celle au gingembre était d'un piquant surprenant, quoiqu'un peu trop intense. Pour la glace au cari, par contre, j'avais déployé des efforts surhumains pour ne pas recracher chaque bouchée sur les voitures qui circulaient sur Saint-Denis devant nos pieds. Ça goûtait ce que ça sentait : la sauce jaune-orange d'un plat indien passée à la sorbetière, en plus sucré. Sous l'œil amusé du bouclé, orgueilleuse, je l'avais terminée en souriant oblique, l'œsophage récalcitrant et la papille écœurée.

Avait-il voulu récompenser mon acte de bravoure ou donner quelques baffes à cette petite insolente qui jouait les connaisseuses dans sa crémerie ? Reste qu'on avait fini la soirée chez lui, nus, tous deux enveloppés des volutes de mon haleine de cari. C'était un 19 juin, et cette soirée-là avait duré presque neuf ans.

Tous les 19 juin subséquents, on était retournés chez Meu Meu, et j'avais repris de cette infecte glace au cari. Chaque fois, je l'avais mangée en entier ; chaque fois, on avait refait l'amour dans mes effluves de restaurant indien. Chez nous, le 19 juin, c'était soir de Kamasutra, et au toucher, et à l'odorat.

Les trois cent soixante-quatre autres jours, comme Antoine, je me contentais de la meilleure vanille en ville.

J'AURAIS DÛ M'ENRÔLER DANS LES JEANNETTES

Je pratique le vide depuis un peu plus de cinq semaines. Mon nouveau passe-temps. Certaines font du yoga, dansent le swing, vont au Céramic Café peindre une tasse qui se révélera à tout coup hideuse ; moi, je broie du noir. Avec passion. Un broyeur de calibre industriel.

Les premiers jours, je dormais beaucoup, comme si mon organisme avait saisi tout seul la nécessité de se court-circuiter pour survivre. *Shutdown dans 5, 4, 3, 2, 1…* Ensuite, je ne dormais plus. On dit que le temps arrange tout, mais on ne dit pas combien de temps. « On » dit bien des choses, mais jamais ce qu'on a vraiment besoin de savoir. Dans mon cas, cinq semaines n'ont pas arrangé grand-chose.

J'ai téléphoné à mon agente pour lui dire que je ne prendrais aucun contrat pour un bout de temps. Je ne vois pas comment je pourrais travailler. Tant d'efforts investis dans ma carrière de photographe ; jamais je n'aurais cru pouvoir m'en foutre autant. On pense avoir une vie remplie, des centres d'intérêt diversifiés… Sport, boulot, vie sociale : que des satellites en orbite autour du cœur. Lorsque celui-ci meurt, le reste ne tient plus à rien. Je fais donc des courses à relais entre l'apathie et l'hystérie : deux états aussi indignes l'un que l'autre d'être exposés publiquement. Mon hygiène est devenue douteuse, je fais plus de crises que si j'étais dans mes *terrible twos*, je regarde la poussière rouler dans la brise du ventilateur. Mais, dans mon western à moi, plus aucun cowboy.

On s'occupe de ma petite personne. Christophe et mes parents, surtout, font d'admirables efforts pour être présents, attentionnés. Ils viennent me voir, nettoient ma cage, m'apportent des petits plats, me font la conversation. Je n'ose pas leur dire que c'est en vain, que mon deuil d'Antoine sera sans fin, que l'Estelle qu'ils ont aimée est nécrosée à tout jamais. Abandonnez le navire avant de couler avec lui. Sans doute que chacun croit toujours sa douleur incomparable. Je suis comme les autres dans ma conviction d'être différente, de souffrir plus que n'importe qui avant moi. Ou au moins autant. Pauvres les autres, s'ils souffrent autant.

Vers deux heures du matin, on frappe à ma porte. Je me traîne les pieds et j'ouvre, sans un coup d'œil au judas, espérant un tueur en série et découvrant plutôt Christophe. Jamais là quand on a besoin d'eux, les psychopathes.

— Je savais que tu dormirais pas, beauté. Je viens de finir un shoot pour le *Elle*. J'ai pensé arrêter.

Christophe aussi est photographe. Un très bon photographe. On s'est connus alors qu'on étudiait la photo au Cégep du Vieux Montréal, et c'est ensemble qu'on s'est inscrits à Concordia ensuite. On ne s'est plus lâchés depuis. Je me suis spécialisée dans les campagnes publicitaires, parce que c'est payant et diversifié. Ça m'occupe la moitié du temps. L'autre moitié est consacrée à mes projets artistiques personnels, et j'expose à l'occasion. Christophe, lui, fait surtout de la mode, parfois des portraits de stars : l'artiste de l'heure. Beau gosse, il a la réputation de coucher systématiquement avec ses modèles ; toutes celles qui acceptent, du moins. Et avec la gueule qu'il a, bien peu doivent refuser.

Mais pas ce soir : on baisera une Kate Moss made in Québec une autre fois. Pour l'instant, la priorité va à Estelle, l'amie dépressive.

Je suis un poids.

— Salut.

Je reprends la direction de mon lit et m'y assois, dos au mur. Christophe m'a suivie. Voyant la contrebasse étendue entre les draps – muette, lourde comme un homme – du côté du lit qui ne m'a jamais appartenu, il marque un temps d'arrêt. Sans un mot, il la prend et la pose dans son étui, qu'il referme ; s'assoit à mes côtés, m'entoure de ses grands bras. J'enfouis mon visage dans sa poitrine et pleure sur son t-shirt à cent quarante dollars. Mes sanglots étouffés prennent soudain toute la place dans le silence de la nuit. Peut-être justement parce qu'il fait sombre, que le temps semble s'être arrêté et que tout m'apparaît irréel, je ne tente pas de les contenir.

— Qu'est-ce que je peux faire, Esse ?

Sa voix chevrote, est différente. Ébahie, je le vois essuyer une larme furtive.

— Qu'est-ce que je peux faire ? J'en peux plus de te voir mourir de même, à petit feu. Je te demande pas d'aller bien, là ! Pas tout de suite, puce. Mais j'aimerais ça sentir que tu veux aller mieux par exemple...

Rien à répondre. Il a raison : je ne veux pas vraiment aller mieux ; je ne veux pas me remettre d'Antoine. Si je suis encore là, si je traîne dans cette vie où la musique s'est tue, c'est uniquement parce que je suis trop lâche pour attenter à mes jours. Toutes les techniques de suicide que j'arrive à visualiser me semblent atrocement barbares. L'immolation par le feu ? Pire torture imaginable. Sauter d'un pont ? Je suis le genre à entrouvrir la fenêtre de sa voiture en traversant le pont Champlain, même en hiver, pour être certaine de pouvoir sortir du véhicule si tout venait à s'écrouler dans le fleuve. Me jeter devant un métro ? Le père d'une amie, conducteur de train pour la STM, m'a un jour dit que la plupart n'en mouraient pas, qu'ils en ressortaient simplement très amochés. Je ne possède pas d'arme à feu et je ne sais faire aucun nœud complexe, coulant ou pas : j'étais une fillette bien trop populaire pour être dans les jeannettes, moi. Le petit foulard rayé noué en triangle autour du cou ne m'inspirait à l'époque que moqueries, mépris et dégoût. En conséquence, je ne sais pas non plus allumer un feu de camp, m'orienter avec une boussole, construire un abri temporaire dans les bois ou distinguer une feuille de saule d'une feuille de bouleau. Je ne sais ni mourir ni survivre.

Bref, ce billet-là, cet aller simple, aurait déjà figuré dans la liste de mes achats Visa si seulement on l'avait vendu sur Expedia. Ça, acheter en ligne, je sais faire.

— Tu veux pas rester ici cette nuit ? J'arrive pas à dormir.

Parce qu'il y a du vacarme tout le temps, Christophe. Parce que je découvre au vide une sonorité inquiétante lorsqu'il n'y a plus le souffle de l'autre pour la masquer. La solitude fait un bruit d'enfer.

— Ben oui, princesse. J'vais te faire une ponce au gin. Forte. Avec du citron pis du miel. Faut que tu récupères un peu.

Christophe presse ses yeux de ses mains. Il semble épuisé aussi. Épuisé par moi. Pour moi. Je comprends difficilement cette générosité, cette capacité à prendre soin de l'autre, à s'oublier pour l'autre ; je ne la possède pas. Antoine s'était fait à l'idée : je n'étais pas celle qui le câlinerait lorsqu'il aurait la gastro, pas celle, non plus, qui le plaindrait dans ses petites phases d'apitoiement. J'étais, je suis, une dure. Je sais donner des coups de pied au cul lorsque les choses traînent, je sais faire des *pep talks,* je sais encourager à être fort, à se dépasser, à en faire plus. Je ne sais ni cajoler ni consoler. Flatter les cheveux, frotter le dos, très peu pour moi. Et, parce que je suis conséquente, je n'ai jamais attendu cela des autres non plus. Or, je me retrouve là, nécessiteuse, à tout prendre et ne rien rendre. Un trou noir émotionnel. Un cul-de-sac où les gens s'obstinent à affluer. Je suis un gouffre attirant.

Et ce n'est pas tout à fait nouveau.

LE POUVOIR INFINI DU GIN

Une vraie nuit de plus de trois heures. La première depuis un bon moment. Vive Christophe ! Vive le gin ! Même sans tonic.

Une bonne odeur de café flotte dans mon appartement. On sifflote. Antoine chantait, lui, le matin. Il aimait les mots des chansons ; les gueuler, dans toutes les langues, les écorcher parfois, lorsqu'il s'agissait d'anglais ou d'espagnol, les inventer au besoin. Antoine ne sifflotait jamais. Je m'extirpe péniblement d'une montagne de couvertures disparates pour découvrir une version maison de Jamie Oliver en pleine action dans ma cuisine.

— Combien de crêpes pour la Belle au bois dormant ? Trois ? Sont petites.

— J'ai pas super faim… À moins que tes crêpes soient au Prozac.

Christophe fait la moue. Je tente de me racheter :

— Par contre, ton café sent vraiment bon.

Mon ami s'applique à faire mousser le lait, lentement, à le rendre onctueux comme il sait que je l'aime. Il y verse un espresso couleur caramel fait sur le rond de la cuisinière, à la cafetière italienne. Le meilleur. Il saupoudre le tout de cacao et y dessine un cœur avant de le poser devant moi.

Tant d'efforts... C'est sans doute précisément pourquoi les gens finissent par surmonter leur deuil, en apparence du moins : on se sent cheap de faire une tête d'enterrement quand ceux qu'on aime se démènent à ce point. Le sourire de Christophe, à travers une barbe ayant dépassé de plusieurs jours son stade le plus sexy, a des airs d'éclaircie au milieu de fourrés. Un sourire qui tend la main, qui incite à tenter un pas, rien qu'un. Pour voir.

Néanmoins, ce café si parfait passe difficilement. Moi, caféinomane invétérée, j'y trempe le bout des lèvres sans le moindre enthousiasme. J'ai le cœur qui me chatouille l'arrière du gosier. *C'est ton cadavre encore tiède, Antoine, qui me reste ainsi coincé en travers de la gorge. Comment on digère ça, dis-moi ?*

En ouvrant les yeux, en respirant le café, j'ai presque cru que ça allait mieux. Un peu. Comme une bouffée d'air après l'apnée. Je me suis dit, pendant une fraction de seconde, qu'un petit peu mieux, multiplié par des centaines de jours, ça finirait par faire moyennement mieux. Non ?

Non.

La perspective de réussir à effacer Antoine, de bâtir une nouvelle vie heureuse sans lui me répugne. Comme un enfant qui, ayant brisé son jouet chéri, lève le nez sur l'exemplaire qu'on lui offre en remplacement, je m'obstine en tapant du pied. *Non. C'est l'autre vie que je veux, bon.* Aller mieux signifierait qu'Antoine était remplaçable. Et c'est faux.

Christophe finit par partir. Il doit aller travailler. La vie continue, pour le reste du monde. Dès qu'il franchit la porte, j'enlace la porcelaine froide et humide de la cuvette des toilettes; j'y vomis mes entrailles, à grands hoquets irrépressibles.

Quelques minutes plus tard, ma poubelle déborde de crêpes intactes encore chaudes. Il est 9 h 40 et j'en ai déjà marre de penser, marre de moi et de ma tête en capharnaüm. La journée qui se profile m'épuise d'avance. Je ne veux pas la vivre. Je veux m'étendre et dormir. Encore et encore. Toute à mes fantasmes de sommeil comateux, j'ai soudain une pensée pour Simone et sa collection de divans. Ce serait si doux d'aller m'y allonger comme chez le psy, m'y dévider et la tête, et le cœur; je l'ai fait si souvent. Dans une autre vie, c'était ma panacée personnelle – vie lointaine saupoudrée de maux risibles. Mais Simone garde ses distances depuis les funérailles. Comment lui en vouloir? Je suis infréquentable. *Déprimante is my middle name.*

Je décide de lui téléphoner quand même. C'est ça ou retourner au lit.

Simone est antiquaire; la plus jeune et la plus colorée de toute la Petite-Bourgogne. À l'origine, elle souhaitait offrir de tout dans sa boutique, mais avec le temps, ses préférences personnelles ont fini par s'imposer. Elle a aujourd'hui quelques spécialités. D'abord, les chaises: fauteuils, canapés, tabourets, causeuses… Tout ce qui sert à s'asseoir semble exercer sur elle un attrait sans bornes. À chacune de mes visites, je me faufile entre des rangées de petites chaises d'écoliers en bois, à la peinture criarde et pelée, me rappelant mon école primaire ; je zigzague entre quatre chaises Tulip des années 1950 et quelques exemplaires bigarrés de la célèbre chaise Eiffel des frères Eames ; je fais un pas de danse pour contourner une énorme Ball Chair ; je résiste à l'attrait d'un glorieux Chesterfield, pour finir par m'affaler dans l'une ou l'autre des chaises Solair, mes préférées, ce sympathique modèle sans prétention, conçu par deux designers montréalais, icône du motel québécois des années 1970. Elles me rappellent mon enfance et les pourtours de la piscine creusée de mes grands-tantes, ces élégantes – trois vieilles filles partageant la même maison et ne mettant jamais un orteil à l'eau sans avoir enfilé un joli bonnet de bain orné de fleurs en caoutchouc.

Les chaises Solair, assise en tailleur, si je vais bien ; les divans assez longs pour que je m'y étende si je vais moins bien. Simone fournit le café, le vin ou le Jack Daniel's, selon la gravité de la situation.

Outre ces dizaines de porte-popotins – et peut-être parce que ceux-ci occupent presque tout le plancher –, Simone offre quantité de luminaires. Au plafond pendent une infinité de fils au bout desquels des abat-jour de toutes formes et de toutes tailles s'accrochent, capturés par ma belle amie, insectes dans sa toile. Quelques lampes sur pied trouvent aussi leur place entre les chaises, dignement. Et toutes sont branchées. Durant les heures d'ouverture, ça brille comme une église le soir de Noël. Chaque pouce du peu d'espace restant est exploité au maximum afin qu'il accueille ses plus récents coups de cœur : bibelots, antiques caisses de lait, de beurre ou de boissons gazeuses, jouets, valises ou coffres de bois.

Un meuble porteur d'histoire où me déposer. De la lumière. Un joyeux fatras. Tout ce dont j'ai besoin.

Simone répond à la troisième sonnerie. Je m'efforce de sourire pour qu'elle l'entende dans ma voix.

— Hey, Sim! Qu'est-ce que tu dirais que je passe te voir à la boutique?

— Ah, Estelle... salut! Oui, pourquoi pas... Passe cet après-midi.

Sa voix me semble légèrement froide, distante. J'ai l'impression de déranger.

— Je pensais plutôt à là, là, tout de suite...

— Là, tout de suite, je peux pas... Je m'en vais chercher un truc.

— Un truc?

— Ouais, un gros séchoir à cheveux rétro. Tu sais, ceux en forme de casques de l'espace? Y a une dame de La Prairie qui en a annoncé un sur Kijiji.

— Oui, oui, je vois exactement lesquels...

Mon effort du jour est fait. J'ai essayé. Ne reste qu'à raccrocher, dormir. Ou sombrer dans l'inconscience. Ou combattre. Ou tout cela en même temps. Je sors l'arsenal: gin Hendricks – le meilleur, rien de moins –, *tonic water,* limettes un peu desséchées, gigantesque verre en plastique fluorescent à l'effigie des New Kids on the Block (acheté chez McDo quand j'avais dix ans), glaçons et vieille collection de «tounes à brailler» issues de mes peines d'amour adolescentes. Aussi bien commencer en force: je mets «Entre l'ombre et la lumière» de Marie Carmen dans le tapis. Et je connais toutes les paroles. *Fuck les voisins. Pensez ce que vous voulez.*

Ça sert à quoi, pas besoin de me mentir,
Tu pars pour ne plus revenir.
J'en mourrai pas, j'ai l'habitude,
J'ai vu pire, je n'ai vu que ça.
J'ai le cœur qui meurt de faim, je tremble,
Je compte les heures et je me retiens de t'attendre…

Excellent choix. Antoine doit se pisser dessus, là-haut.

Je ne veux surtout pas perdre l'ambiance après ça, alors j'enchaîne avec « Pleurs dans la pluie » et « Je ne t'aime plus » de Mario Pelchat. Je chante comme une déchaînée, vivant pleinement les paroles. D'un certain point de vue, je me trouve parfaitement ridicule, mais il y a en même temps quelque chose de très sérieux dans ma démarche. Pendant des heures, tandis que ma piscine de gin descend derrière les regards de Donnie, Danny, Joey, Jordan et Jon, le volume monte et je m'échauffe. Je fais tourner sans trêve toutes les chansons larmoyantes et démodées dont j'arrive à me souvenir : « Amazed » de Lonestar, « D'l'amour, j'en veux pus » d'Éric Lapointe, « Pour que tu m'aimes encore » de Céline Dion (bon, je l'avoue, celle-là, j'ai dû la télécharger et payer quatre-vingt-dix-neuf cents sur iTunes ; je n'avais pas le CD), « Le saule » d'Isabelle Boulay, « I'll Be Missing You » de Puff Daddy, « Goodbye My Lover » de James Blunt, « Last Kiss » de Pearl Jam et au moins une dizaine d'autres, pigées au hasard dans ma collection de disques. Dans ces relents quétaines d'une autre vie, de mon adolescence rurale passée à enregistrer *Le 6 à 6* de CKOI sur des cassettes, je braille et rebraille sans m'arrêter. Je vis là une catharsis ; je pourrai bientôt respirer. Les psys nous le répètent sans cesse : il faut que ça sorte.

Ça sort.

Toutefois, au bout de quelques heures, quand je lape la dernière goutte de gin directement au goulot, là où je devrais trouver l'apaisement et la paix intérieure il n'y a que cette brûlure aux poumons, cette raréfaction de l'oxygène. C'est vertigineux et suffocant. J'ai vidé le gin et la peine. Dans la bouteille et en moi, il ne reste rien. Je suis une coquille dont on a goulûment aspiré l'huître.

Je cherche à me redresser, entreprise qui se révèle périlleuse. Une main agrippée au sofa, l'autre à la bouteille de gin, je chancelle. Un classique : on boit assis pendant des heures et, quand on se lève, *bang*, on est quadruplement ivre. J'arrive finalement à me remettre sur mes jambes. Je suis Gumby sans son cheval orange ; mes membres sont de caoutchouc. Puis, la pièce change soudainement de direction et le plancher se précipite vers moi, ma tête heurtant violemment le coin de la table basse au passage. J'entends un craquement mat, sans rien sentir. La bouteille de Hendricks, pourtant massive et solide, s'est fracassée sur le plancher et la main qui la tenait devient rouge, rouge.

Rouge.

Et c'est merveilleux, car je ne sens rien.

Saisissez les occasions, qu'ils disaient, à l'université. Et la trouillarde n'a plus peur, même si elle n'a pas fait les jeannettes, même si elle craint le feu, les métros qui rendent paraplégique et l'eau noire du fleuve sous le pont Champlain. La peur aussi est anesthésiée. Je me traîne lourdement sur le plancher jusqu'à la salle de bain. Les murs tanguent, le sol bouge, tout devient architecturalement beau. J'ai une pensée pour Gaudí. *Ohhhhh.* Puis j'entends Joe Dassin entamer « Le petit pain au chocolat » et j'éclate de rire en tirant la porte de la salle de bain vers moi pour me relever, en l'arrachant presque. Dans le couloir, il y a ces longues traînées sanguinolentes. Heureusement que je n'ai pas de tapis.

Prenant appui sur le bord du lavabo, j'ouvre l'armoire à pharmacie et en extirpe la totalité des pilules. Je les avale toutes, les unes après les autres, sans discrimination, comme des Jelly Belly achetés au Sucre Bleu, sur Saint-Denis, trois dollars les cent grammes. J'avale même les pilules de fluconazole pour les vaginites. Lorsque je lis l'étiquette et m'en rends compte, je pouffe encore de rire. *Yé.* L'opération prend plusieurs minutes, parce que les petits contenants à l'épreuve des enfants et des filles soûles me donnent du fil à retordre. Mais je suis persévérante. Les profs me le disaient, à l'école primaire.

De retour dans le salon, j'arrête ce bon vieux Joe dans son élan et mets plutôt « High Hopes » de Pink Floyd. À quatorze ans, j'adorais cette chanson. Aucune idée du sujet, mais le mood me semble approprié. Les cloches d'église, le côté intense... De plus en plus étourdie, la respiration laborieuse, le cœur battant la chamade, je réalise soudain que je suis vraiment en train de me suicider. Je ris, doucement. À quel point faut-il être nulle pour s'en rendre compte après coup ? Une image d'Antoine surgit dans mon esprit : son visage, son corps, son rire. Les larmes coulent sur mes joues en deux ruisseaux salés qui vont mourir dans mon cou. *J'arrive.*

Puis j'ai peur de nouveau. Suicides ratés. Personnes lourdement handicapées. Il y en a tant… Mieux vaut ne courir aucun risque. Je tends la main vers le plus gros éclat de la bouteille de gin. Au moins ça ne s'infectera pas : c'est plein de bon alcool antiseptique. Je laisse échapper un rire de démente dont l'écho m'effraie, puis presse l'éclat de verre brun-noir contre mon poignet gauche. Fort. Poignet droit. Plus fort encore. Bon. Deux bonnes choses de faites.

En position fœtale sur le plancher froid de mon salon, serrant pudiquement mes poignets tailladés contre mon corps, je ferme les yeux et chante, tout bas, la fin de la chanson.

Je… peux… enfin… me… reposer.

HOSTO DISCO RONDE

La lumière est forte et désagréable. Une odeur de Javel flotte dans l'air. Et au-dessus de mon visage plane celui de Christophe, fermé, dur. Mes yeux, incapables d'ajuster le foyer, en font danser les contours. Je serre fort les paupières, comme pour les souder, et déglutis bruyamment. Ma bouche est poisseuse. J'ai l'impression d'avoir bu un verre de crème trente-cinq pour cent périmée.

Mes paupières clignent de nouveau, et le visage de Christophe durcit encore plus, se découvre des plis qu'il n'a jamais eus auparavant. Puis mon ami se met à crier :

— Qu'est-ce qui t'a pris, Estelle Saint-Brie ? Maudite égoïste ! Veux-tu ben me dire à quoi t'as pensé ? Comment tu penses que je me suis senti quand je suis entré pis que j'ai vu du sang partout ? Pis toi comme morte dans ta flaque, avec du Joe Dassin dans le tapis ?

Ah. « Le petit pain au chocolat » ? Une veine saillante pulsant au milieu de son front me retient de lui poser la question.

— Comment tu penses que je me suis senti, hein ? Madame est une artiste ! Madame est intense ! Fallait qu'elle nous fasse ça théâtral, câlisse ! Ostie d'écervelée !

— Christophe… c'était une connerie. J'étais soûle…

J'essaie de frotter mes yeux, mais je réalise que mes mains sont pansées. On dirait deux grosses guimauves. Ma tête aussi est emmaillotée, vraisemblablement.

Christophe se fait presque hystérique. J'ai l'impression que ses yeux vont jaillir de leurs orbites.

— Une connerie ? T'appelles ça une connerie ? La fois où t'étais paquetée pis que t'as couru sur Grande Allée à poil, *ça*, c'était une connerie. Se découper comme un apprenti boucher pis gober assez de pilules pour tuer un cheval, ça dépasse UN PEU la catégorie connerie, Estelle Saint-Brie à marde !

Il semble sur le point d'ajouter quelque chose mais se ravise et sort à grandes enjambées de la pièce, qui présente toutes les caractéristiques d'une chambre d'hôpital. Pour la première fois, Christophe ne m'a donné aucun petit nom. Sauf si on compte « maudite égoïste », « ostie d'écervelée » ou « Estelle Saint-Brie à marde ».

Je soupire. Vive la médecine moderne qui sauve tout le monde, même ceux qui ne le veulent pas !

Simone entre à son tour dans la chambre. On se croirait dans un théâtre d'été. Mon amie paraît nerveuse, elle a le teint grisâtre et porte un grand chandail de coton ouaté du mont Tremblant, elle toujours à la fine pointe de la mode. Elle a l'air complètement épuisée. Je ne l'ai jamais vue comme ça. Simone la forte, Simone la drôle, Simone la boule d'énergie intarissable, Simone la tête froide… Elle s'assoit au pied de mon lit, triture les draps, semble chercher ses mots entre leurs plis.

— Je m'excuse, j'ai pas été là pour toi depuis la mort d'Antoine…

Il y a dans son ton un je-ne-sais-quoi de dur. Un caillou dans un gâteau. Ses remords sonnent faux et je cherche, dans ces yeux que je connais par cœur, les mots que mon amie ne prononce pas.

Sous mon œil inquisiteur, ses épaules s'affaissent, elle semble s'adoucir. Simone m'offre un sourire forcé.

— Tu sais, j'me disais que Christophe serait meilleur que moi pour ce bout-là, que t'allais passer le plus gros de ta peine sur lui pis qu'après, moi, je serais celle qui t'emmènerait magasiner, qui te sortirait, qui te ferait rire quand tu serais prête. J'ai été nulle. C'est maintenant que t'avais besoin de moi. Je me suis défilée. En plus, tu m'as appelée avant avant… de faire ça… pis moi… pis moi… moi qui…

Et là, Simone se met à pleurer. Ma stoïque amie sanglote comme jamais je ne l'ai vue faire auparavant. Et moi qui suis si lamentable dans ces moments-là, je me retrouve empêtrée dans mon moi, dans tout ce que je suis trop et pas assez. Et puis je n'ai rien à lui reprocher, vraiment. J'entoure ses épaules de mes bras et l'attire maladroitement contre ma poitrine, avec mes mains en guimauves géantes. Je sais que je serais aussi malhabile sans, mais, tout de même, ça me donne une excuse.

— Ça va, Sim, ça va.

— J'me sens tellement coupable… tellement coupable, Estelle…

— Ben voyons ! C'est pas de ta faute. Et regarde, t'as une deuxième chance : j'ai raté mon coup !

Il y a un court silence, et Simone ne rit pas. Elle se tord les mains. Je ferme les yeux en soupirant. *T'es-tu entendue, Saint-Brie ?* Je suis soudainement lasse. Brisée, fatiguée d'être moi, de chercher à tout dédramatiser, d'ironiser sur mes parts d'ombre parce que je ne sais pas faire autrement. Comment est-ce qu'on en est arrivés là, moi et tous les autres, bande de jeunes urbains-branchés-cultivés-indifférents ? Bande de jeunes cons incapables, en vérité, d'affronter quoi que ce soit à nu, sans la couche de cynisme, sans l'ironie protectrice qui nous emballe sous vide et nous empêche de nous exposer.

— Estelle, faut que je te dise quelque chose…

— Oui ?

— Ben… je…

Simone fait une pause, nous regarde, mes poignets enrubannés et moi, puis ses yeux cessent de frétiller. Je la sens prendre une grande inspiration pour plonger et j'ai peur, soudain, de ce qu'elle va dire. Elle secoue la tête.

— Je pourrai pas beaucoup être là non plus dans les prochains jours… Je veux surtout pas t'embêter avec mes petits problèmes, mais je dois subir une opération. Rien de grave.

— Sim !?

— Non, non, non. Je te le dis juste pour que tu penses pas que je t'abandonne encore. C'est rien.

Juste un test Pap anormal. Une petite opération gynéco. Bénin. Tu t'inquiètes surtout pas, OK ?

Je me sens moche, tout à coup, de réclamer le monopole de la souffrance, de requérir autant d'attention, d'être aussi égocentrique. Mais Simone balaie le sujet du revers de la main. Elle reste auprès de moi une heure entière à discuter, à écouter, à sonder mon mal de vivre. Elle ne contourne pas les mots qui disent mon envie de mourir ; elle les prononce, au contraire, en me fixant le fond des yeux, accepte de les poser entre elle et moi, pour que nous les regardions bien en face, ensemble.

Je me sens comprise.

Lorsque l'heure des visites se termine, elle m'embrasse en promettant de revenir vite, d'être là pour moi. Mais, maintenant que je suis seule, la chambre se met à tourner ; je suis nauséeuse. Et lasse, si lasse… *Antoine, donne-moi une raison de me relever.*

Un jeune médecin, un rouquin pivelé et pas très grand qui doit avoir environ mon âge, entre dans la chambre. Il ouvre la bouche, s'apprête à parler et, pendant un bref instant, j'imagine ce visage taquin m'annoncer qu'il y a eu erreur sur la personne. Il me dira que ce n'était pas Antoine dans l'accident, pas lui qui est mort. Qu'on l'a retrouvé. Que c'est fini, que tout va redevenir comme avant, avec mes deux ou trois cicatrices aux poignets dont on finira par rire en mangeant des acras de morue et un mac'n'cheese dans un bistro branché. Je porterai des bracelets pour les cacher. On oubliera. Je reviens rapidement à la réalité. *Tu l'as vu, étendu sur du tissu trop satiné. T'as regardé son cercueil descendre en terre.*

— Comment vous vous sentez, madame Saint-Brie ?

Je balbutie une réponse et le médecin s'approche pour me parler. Il s'exprime en gesticulant, et la chambre tourne de plus en plus. Je suis à La Ronde, dans la Disco Ronde. Je ferme les yeux, tente de lever les bras, comme dans un manège, mais les guimauves sont trop lourdes. Tous les gestes du doc, eux, sont extrêmement lents, comme si nous jouions ensemble dans un film sous-marin. Le plancher et le lit me semblent effectivement liquides, des vagues les parcourent ; ils bougent et ondulent. Le rouquin prononce des mots qui restent en l'air entre nous, comme suspendus dans une tempête. Peinant à les comprendre, je secoue la tête. Qu'il cesse de parler !

Mais quelques mots trouvent un radeau et flottent jusqu'à moi.

— Vvvvvous êtes enccccccccceinte...

Le manège s'immobilise brutalement, je tourne la tête et vomis sur mon oreiller.

FATAL (POUSSETTE) ATTRACTION

Il y a une foule de choses que je n'ai pas à l'hôpital. Mentionnons, entre autres, l'intimité, la dignité, du linge regardable et des cheveux propres. Ce que j'ai en quantité, par contre, c'est du temps. Et le temps est une huile pour les rouages du cerveau, c'est connu. Ça tourne alors très vite, ça pense trop. Je pose les mains sur mon ventre, et il me semble déjà moins plat. Un bébé d'Antoine. Un petit morceau de mon grand musicien, s'accrochant fort en dedans de moi, dans cette matrice-tempête où il pleut des pilules, où le gin se fait tsunami. Digne progéniture de son papa. Qu'est-ce que je vais faire de toi, Mini-Rambo ?

Tuer l'enfant d'Antoine n'est pas une option envisageable. Tuer la femme qui le porte n'en est donc plus vraiment une non plus. *Damn it.*

Je n'ai plus d'autre choix que celui d'essayer de vivre. *C'est pas ce que tu voulais, Saint-Brie, une raison de continuer?* C'est bien la première fois que l'Univers répond à une de mes demandes avec une telle efficacité.

Essayer de vivre. Facile à dire.

Étape 1 : tenter de reprendre goût à la vie, et ce, sans alcool, sans café, sans tartare, sans sushis, sans charcuteries, sans lait cru, sans sport violent.

Sans Antoine.

Étape 2 : poursuivre sur cette belle lancée avec un enfant sur les bras. *Mission : impossible 6.* Je fournis le scénario.

Même du vivant d'Antoine, malgré ma trentaine entamée, l'envie d'avoir un enfant ne me prenait pas souvent. Parfois, quand j'étais fatiguée de moi, d'être moi, du poids de ma prévisibilité et de mes failles, la perspective de ne plus m'accorder autant d'importance se faisait attirante. Un désir de m'occuper de quelqu'un d'autre, de jouer dans un autre nombril que le mien, de m'oublier un peu. C'était assez proche de cette impulsion qui vous force à tout larguer pour aller donner des cours de plongée en Micronésie. Ça durait quelques heures, quelques jours maximum. Je finissais par admettre que ce désir avait des airs de tentative d'évasion, que mes motivations retorses étaient discutables. Je remisais vite l'idée. Ça me prenait rarement. Une ou deux fois par année, tout au plus. Le reste du temps, me reproduire demeurait un projet vague et lointain, un truc d'adulte auquel je m'adonnerais quand j'en serais devenue une.

J'avais peur.

Des cheveux d'un blanc lumineux, épars, moins souples que les autres, ont commencé à s'infiltrer dans ma longue crinière brune il y a trois ou quatre ans déjà. Ils me narguent dans le miroir, me murmurent que je devrais remplacer le mot «fille» par «femme» quand je parle de moi ou de mes copines; que je devrais assumer. Mais je ne m'y sens pas prête. Et puis, en cette ère du jetable, que sont les bébés, sinon un contresens? En terme d'engagement, un bail résidentiel d'un an constituait mon record à ce jour.

J'ai peur.

La fibre maternelle, c'est comme la pomme d'Adam: je suis née sans. Quand une nouvelle maman s'amène avec une poussette, toutes les femmes dans un rayon de cinq kilomètres semblent le sentir et s'émoustiller. Comme aimantées, elles convergent vers le nourrisson en gazouillant et en agitant les fesses, prêtes à se battre pour avoir la chance de prendre la bête dans leurs bras. Tout leur corps se contracte, veut produire du lait, envelopper, protéger. Elles posent des questions sur l'accouchement, l'allaitement, l'acide folique et les déchirures du périnée. Elles s'intéressent réellement aux réponses. Ce pouvoir d'attraction du landau et du nouveau-né m'a toujours fascinée, parce qu'il n'a aucune emprise sur moi. Il a même plutôt l'effet inverse. La poussette me repousse – une repoussette! Mon corps se contracte aussi, mais pour se refermer, pour se protéger de cette bestiole menaçante qui aspire, qui tète, qui prend tout. Mes seins, déjà menus, veulent rentrer dans ma cage thoracique, s'y mettre à l'abri comme l'escargot dans sa coquille. Tandis que la meute fait des *gagagougou* à l'unisson sur des airs de gospel en tapant des mains, moi, je cherche sur la maman béate la confirmation de mes peurs. Je traque le renflement de son ventre vide et flasque, le mou, les vergetures, portées en collier dans le décolleté, les cernes, la folie dans l'œil. Car elle surgira tôt ou tard, n'est-ce pas, chez celle qui ne dort pas, ne parle à personne et reste enfermée chez elle, toute la journée, avec un être potelé qui ne sait que chier après l'avoir vidée, elle, de sa substance vitale ? Chaque fois, je constate les dommages et repars soulagée que ce ne soit pas moi. Le coude léger, je vais cinqàsepter.

Lorsqu'il s'agit de quelqu'un que je connais bien, j'ai l'impression d'assister à une prise de possession corporelle par un extraterrestre. Même enveloppe, même visage, mais la femme qui les habitait a été ravie, remplacée par un spécimen de la race des Mères. Envolée, la fille branchée, désinvolte et légèrement alcoolique. À sa place siège maintenant un être qui peut vous entretenir pendant quinze bonnes minutes de la dernière syllabe baragouinée par sa progéniture, pour ensuite vous mettre à jour sur les plus récentes tendances en matière de cardio-poussette. Pire : lorsque la transformation est fraîche, elle passe les trente-deux minutes par jour où elle ne dort pas ou ne change pas de couches à publier des photos de la chair de sa chair sur Facebook, et ce, beaucoup trop tôt après la naissance. Personne ne s'interpose, et la misérable petite chose encore fripée voit sa photo propulsée dans les réseaux sociaux avec une légende où figurent des mots inappropriés tels que « magnifique », « adorable » ou « parfait ».

Généralement, je me moque de ces mères pâmées comme des groupies de Justin Bieber. Je les méprise méchamment, je ris d'elles, je les regarde de haut.

Je crains d'un jour leur ressembler.

Alors, aujourd'hui, étendue dans un lit à barreaux, vêtue de l'une de ces jaquettes bleues qui vous font faire des *moons* contre votre gré, je manque légèrement d'optimisme en regard de ma nouvelle condition. En un éclair, j'entrevois qu'au sommet de chaque escalier que j'emprunterai au cours des mois à venir, il y aura cette seconde où je voudrai le débouler, cette minuscule petite seconde pleine d'une envie d'accident, cette seconde de flottement, juste avant que je ne tende la main pour agripper la rampe.

Car je n'aurai plus le droit de tomber. Encore plus qu'avant, je suis pleine d'Antoine. Pleine à en déborder.

Et je déborderai.

Par le bas, dans le sang, la souffrance et la merde.

QU'ON M'APPORTE UNE NOUVELLE TÊTE !

Simone est là. Pour moi. Malgré ses propres soucis, elle est là, droite et solide, pour ramener sa tortueuse et fragile amie chez elle.

— Christophe était en shoot. Pis il boude un peu, aussi. Il t'en veut. J'allais pas te laisser rentrer en taxi toute seule, quand même !

— Et ton opération ?

— C'est pas aujourd'hui. Elle a été reportée de quelques jours. Allez, on en parle plus.

Mon amie a retrouvé ses couleurs et sa dégaine habituelle. Ses longues jambes noires, fuselées, surmontées d'un short de jeans ultracourt, font tourner les têtes des patients et du personnel hospitalier. Comme un crémage sur le gâteau qu'est son cul dans ce short, une blouse légère, d'un jaune vif, laisse deviner un soutien-gorge de dentelle noire sous son tissu translucide. Pour atténuer l'effet de ses cinq pieds onze, ou par considération pour les quelques patients affublés d'un collet cervical, elle s'est contentée de chausser de coquettes ballerines. C'est là l'uniforme simonesque classique : jaune, court, vaporeux. Mon amie, contrairement aux trois quarts des femmes, sait ce qui lui va bien. Les tissus clairs, mats et aériens sont du plus bel effet sur sa peau sépia brillante, comme huilée en permanence ; le fait d'être court vêtue souligne sa silhouette longiligne, fait paraître ses jambes interminables ; le jaune canari embrasse sa carnation bistrée comme une parure naturelle, plumage des oiseaux de sa race. Elle le sait.

La Petite-Bourgogne du début du siècle, coincée entre le chemin de fer et le canal Lachine, comptait la plus forte concentration de Noirs à Montréal, principalement parce que les seuls emplois qui leur étaient alors accessibles étaient des postes de porteurs pour le Canadien National ou le Canadien Pacifique. Je ne sais pas s'il y a eu de ces porteurs parmi les aïeux de Simone ou encore de ces jazzmen venus ensuite des quartiers sombres de New York pour fuir la prohibition et tenter de faire danser les Montréalais ; je sais seulement que sa maman descend d'un couple d'immigrants barbadiens, tandis que son père trouve plutôt ses origines du côté des îles Vierges britanniques. Ce métissage antillais donne Simone ; Simone et son long corps souple qui semble toujours sur le point de danser. Une grande gazelle. Et cette gazelle insiste pour me pousser dans un fauteuil roulant au creux duquel je me sens parfaitement ridicule.

— Sim, je peux marcher !

— Tut, tut, tut! Je suis pas venue jusqu'ici pour rien. Tu te laisses faire, OK? En plus, c'est bon pour mon *brand*. Y a plein de beaux gars dans cet hôpital-là…

Nonchalante, feignant de porter encore aujourd'hui sur ses épaules le poids du soleil, cette langueur insulaire propre à ses ancêtres, elle pousse lentement mon fauteuil en jetant des œillades ostentatoires à gauche et à droite. Plus lentement que nécessaire. Simone en fait trop, joue les séductrices de façon caricaturale, et je devine qu'elle le fait pour moi. Sa comédie tranche avec les nuages qui planent au fond de ses yeux. Bien au-delà d'un regard masculin, c'est mon sourire qu'elle brigue.

— Ouache, Estelle ! Qu'essé ça ?

— Quoi ?

Je me tourne vers elle, tant bien que mal. Elle fixe le sommet de ma tête, l'air dégoûté.

— Ils t'ont rasé juste des spots. Pour faire les points de suture, j'imagine… C'est pas joli, joli…

— Merci…

— T'inquiète, je vais t'arranger ça en arrivant.

De la part de n'importe qui d'autre, cette promesse m'inquiéterait, justement, mais Simone sait manier les ciseaux. Elle se coupe les cheveux elle-même depuis l'adolescence. Ceux-ci sont ras sur une moitié de son crâne et longs de quelques pouces sur l'autre. La moitié longue est parfois léchée vers l'arrière, parfois bouclée, parfois tressée ; l'ensemble est toujours digne d'une compétition de coiffure.

Antoine était sans doute le seul à ne pas aimer les cheveux de Simone. Il ne pouvait s'empêcher de le répéter après chaque soirée passée en sa compagnie. C'étaient mes longues boucles brunes qu'il aimait, leurs cascades, leur odeur, leur indolence. Il me disait toutes les nuits de ne jamais les couper, juste avant de s'y perdre, y enfouissant son grand nez et ses rêves.

Je n'en veux plus.

Sur le chemin du retour, je ne vois qu'elles, me narguant en périphérie de mon champ de vision : ces boucles, ces boudins mous, ces spirales n'ayant d'autres raisons d'exister que de plaire à un mort. J'ai l'impression d'avoir des anguilles sur la tête, des vers de terre ; mes cheveux font de moi une Méduse sans tonus, une Gorgone inoffensive. Je me retiens pour ne pas les arracher. *Enlevez-moi ça, ôtez-les !*

Simone, sans me demander mon avis, m'emmène directement chez elle. Elle me surveille, mine de rien ; je suis coupable d'un attentat contre moi-même, une jolie bombe qui pourrait bien exploser de nouveau. On ne me laissera pas remettre si vite les pieds sur le lieu du crime. En bonne antiquaire, en marieuse professionnelle du passé et du présent, mon amie a récemment emménagé dans La Machinerie, un édifice à condos ultramodernes, construits dans une usine de machines à coudre du siècle passé, la Williams. Son appartement, caché dans la fausse mansarde du toit, occupe un coin lumineux et abondamment fenestré du quatrième étage. Les plafonds sont hauts, les matières sont nobles, et un escalier donne accès à une terrasse privée sur le toit : un endroit splendide que mon amie a su décorer avec goût.

Je me retrouve donc assise bien droite sur une jolie chaise vieillotte, devant une grande fenêtre percée dans la brique, à laisser mes pensées courir sur la ligne du temps, à imaginer les milliers d'ouvriers qui ont dû laisser leur regard errer par cette même fenêtre.

Dans mon esprit s'empilent des tonnes de machines à coudre Singer – lourdes, noires, élégantes – portées à bout de bras par des pères de famille vaillants et silencieux; assemblées par eux, patiemment, à la main, pour l'usage d'autres « petites mains » tout aussi laborieuses. Les hauts plafonds, les planchers marqués, la brique des murs semblent ici receler des bruits métalliques et les soupirs de ces hommes qui, comme tant d'autres dans ce quartier, se sont affairés sous de lourds tabliers à gagner leur pitance, faisant du secteur l'un des berceaux de l'industrialisation au pays. Combien de rêves se sont évaporés sous ce toit, envolés par cette fenêtre, devant l'impossibilité d'aspirer à autre chose qu'à survivre? Que valent quelques maigres dollars froissés au creux de la main d'un jeune homme qui ne rêve plus, qui perd sa vie à la gagner? Assise parmi les fantômes, soudain j'ai honte. Mon apitoiement, ma faiblesse, ma petitesse me renvoient l'image d'une enfant gâtée, incapable de courage et de résilience. J'ai l'impression qu'ils me regardent, ces travailleurs, qu'ils me jugent. Je peux presque les sentir, emmurés là, les entendre me souffler que le passé est le passé, qu'il faut avancer, qu'être faible est un luxe que les gens « d'en bas de la track » n'ont jamais pu se permettre.

Soit. J'avancerai.

Quelques minutes plus tard, je regarde mon reflet dans le miroir que Simone a appuyé sur le rebord de la fenêtre, j'attends. Mon amie tient mes boucles entre ses mains, les tripote, les détaille longuement, comme perplexe. Sa proposition consistait simplement à réparer les dégâts; je lui ai plutôt demandé de couper bien court, à la garçonne, d'effacer l'ancienne Estelle. Sa grande bouche trop expressive, capable de mille et une torsions, trahit son dilemme intérieur, partagée qu'elle est sans doute entre une envie réprimée depuis des années d'enfin m'offrir une coupe tendance et ses doutes légitimes quant à mes motivations. Elle finit par lâcher brusquement ma tignasse, s'éloigner puis revenir, l'œil brillant, ciseaux en main. Je retiens mon souffle, mais rien ne se passe. Simone s'est arrêtée là. Nous sommes toutes deux pétrifiées ; moi, droite sur ma chaise, n'osant pas parler de peur qu'elle refuse d'accéder à ma requête, et elle, le regard étrangement vide, l'air d'être ailleurs, très loin d'ici. Les minutes passent et la tension entre nous est palpable. J'en suis à me dire qu'elle n'osera pas, que sacrifier ces boucles qu'elle sait qu'Antoine chérissait est au-dessus de ses forces, quand elle attaque. Le premier coup de ciseaux me fait sursauter, puis elle les enchaîne de plus en plus vite. Ses gestes sont précis, presque agressifs. Il y a quelque chose qui ressemble à de la colère dans le claquement sec des lames, dans ses lèvres pressées l'une contre l'autre, blanchies, ravalées en une fine ligne où le sang ne circule plus. L'artiste a l'œil fou, tandis que mes longues boucles tombent une à une sur le plancher, entourent mes pieds comme les serpentins d'une fête terminée.

Toute à ma culpabilité de mettre mon amie dans un tel état, mais craignant qu'elle ne s'arrête, je me tiens tranquille, immobile, tandis que son long corps danse autour de moi, qu'elle fait siffler les lames des ciseaux avec rapidité et précision contre mes oreilles. Elle grogne.

— Ils ont fait n'importe quoi, à l'hôpital. C'est pas du travail propre, ça. Va falloir que je sois créative pour cacher tous les trous…

Lorsqu'elle a terminé, Simone laisse tomber les lourds ciseaux métalliques sur le plancher. Elle a cet air ahuri des gens qu'on réveille en pleine nuit.

— Je m'excuse. Je… j'aurais pas dû, lâche-t-elle, à bout de souffle.

— Sois pas ridicule, c'est moi qui te l'ai demandé.

Dans le miroir, je me reconnais à peine. Je ne croyais pas que l'expression « changer de tête » puisse s'appliquer de façon aussi littérale.

Je détaille mon visage, me dis que la femme qui me fait face serait sans doute jolie s'il n'y avait pas tant de noirceur dans ses yeux, tant de lourdeur accrochée aux commissures de ses lèvres. Assez jolie pour qu'on la choisisse, pour qu'on l'aime. Jolie malgré une chevelure ravagée, une tignasse d'après sinistre. Simone n'a pas totalement réussi à transformer le massacre capillaire de l'hôpital en vraie coupe, mais son œuvre efface assurément l'Estelle qu'Antoine a aimée. Ça me convient.

Et maintenant, pourrait-on me changer l'intérieur aussi, s'il vous plaît ? Me cureter le dedans du crâne, m'avorter de mes pensées ? Parce qu'avec cet échantillon d'humain au fond du ventre – rien de moins que le legs d'Antoine à l'humanité –, je n'ai plus le droit de mourir, rappelons-le. Rappelons-le-moi, surtout.

— On se fait livrer quoi pour souper ?

Porte-poussière et balai dans une main, pile de menus dans l'autre, mon amie est déjà passée à autre chose. J'envie sa légèreté. Il me semble qu'une lobotomie ou quelque chose d'approchant – oh, rien de complexe ni de trop sophistiqué, juste une technique à l'ancienne, grossière et irréversible – m'aiderait à passer les prochains mois, à les regarder s'écouler, moi aussi, dans la sérénité.

Baver en regardant les pigeons.

Bienheureux les épais. N'y avait-il pas une phrase signifiant à peu près cela, dans les messes de mon enfance ? Ah oui, les Béatitudes.

Heureux les pauvres en esprit, car le Royaume des Cieux est à eux.

Lobotomisez, et je serai sauvée.

L'AMOUR EST UN SPORT DANGEREUX

Avant Antoine, beaucoup d'hommes avaient eu peur de m'aimer, m'avaient avoué craindre cette part de moi qu'ils sentaient impossédable. Elle les attirait, avant que leur instinct ne leur souffle de fuir. Peut-être par naïveté ou grâce à une confiance en lui hors du commun, Antoine, lui, avait su m'aimer sans demander les titres de propriété, sans exiger toutes les clés. Il m'avait chérie comme un locataire et, précisément à cause de cela, je lui avais appartenu plus qu'à tout autre.

Parce qu'il n'était pas tout à fait mon type à la base, je m'étais sentie hors de danger. Antoine était gentil; moi, je fondais devant les méchants. J'ai toujours eu un faible pour le mâle alpha, le beau brun arrogant, sans émotions, sans douceur, dont la virilité suinte en public; pour l'homme qui vous prend fort la nuit, mais qui peut aussi bien en prendre une autre à l'heure du lunch. Antoine n'appartenait pas à cette catégorie d'hommes qu'il me suffit de regarder pour avoir mal, à cette race d'êtres brumeux qui me font ployer les genoux et oublier ce que j'aime de moi, ce qui me rend fière, me donnant envie d'être leur chose. Dans l'œil de ces hommes-là, j'ai toujours vu l'animal domestique que j'avais le potentiel de devenir, la chatte jalouse et blessée attendant le retour de son maître en geignant, pour l'ignorer ensuite. J'ai toujours préféré fuir mon type d'hommes. Me laisser les aimer aurait été périlleux.

En Antoine, je n'avais décelé aucun danger. Je pouvais me laisser aimer, être indépendante en gardant mon cœur au chaud. Il m'adorait. Il était doux, attentionné, intelligent, et il m'aimait ! C'était ce que j'avais choisi d'être, moi, Estelle Saint-Brie : une aimée ; être une aimante me semblait létal.

En fait, je n'avais même pas vraiment choisi d'être avec lui ; j'avais choisi de passer une journée à ses côtés, puis une autre, en me disant que je partirais quand j'en aurais marre.

Je n'en avais jamais eu marre. Je m'étais fait prendre.

Lui les connaissait sans doute, les peureuses de mon espèce. Il savait bien qu'il m'aurait à l'usure, à force d'être le plus beau des hommes, le meilleur amoureux du monde, à force de rendre toutes mes amies envieuses de notre amour en feux d'artifice. Il avait prévu que sa douce baisserait la garde au bout d'un certain temps, qu'une fois rassérénée et remplie d'amour, elle se mettrait à l'aimer en retour, ce grand gaillard irrésistible, pas mystérieux pour un sou, pas brumeux une miette, mais solide comme un chêne, et droit et fier.

Il avait gagné son pari. Puis, il était mort. Il avait réussi à me convaincre que je pouvais vivre ainsi, nue, sans carapace et sans peur. Puis, il était mort.

La vie peut parfois être d'une insupportable ironie. Il y a des filles qui cherchent, qui chassent, dans les bars et sur Réseau Contact, dans le bus, au gym, au marché ou à l'urgence ; elles traquent le bon et ne le trouvent jamais. Et il y a celles qui le trouvent sans s'y attendre, alors qu'elles ont la bouche pleine de crème glacée au cari, pour se le faire ensuite écrabouiller par un pick-up.

Accessoirement, ces dernières découvrent parfois ensuite qu'elles sont enceintes du défunt.

La vie se rit de nous. À gorge déployée.

ONANISME ET CRÈME GLACÉE

J'ai eu beau dormir sur le divan cette nuit et me bourrer de somnifères en espérant être inconsciente jusqu'à demain, je n'ai pas réussi à le faire disparaître, à l'éviter. Au réveil, le 19 juin était là, n'avait pas eu la décence de sauter une année. Un jour marqué d'un X sur mon calendrier : notre Noël, à Antoine et moi ; une naissance, sans Messie ni rois mages. Je ne me sens pas le droit de faire comme si, de contourner. Je ne croirais pas moi-même à mon stratagème. Les gens seuls, les personnes âgées sans famille, le soir de Noël, font-ils semblant qu'il s'agit d'un jour comme les autres ? Y croient-ils vraiment ? Le film qu'ils ont loué ne leur brûle-t-il pas les yeux ? Le verre de vin – un vin ordinaire, pas meilleur ni plus cher que celui des autres jours – ne leur donne-t-il pas des maux de ventre, ce soir-là ? Le silence ne se fait-il pas tonitruant ? Je ne mens pas bien. À moi encore moins qu'aux autres.

Il fait chaud, mais je porte un chandail dont les longues manches dissimulent mes poignets balafrés. Il ne faut pas assombrir les yeux heureux. Surtout pas dans une crémerie. Notre Meu Meu, à Antoine et moi, fête son vingt-cinquième anniversaire, en plus : c'est écrit sur une affichette à l'entrée. Penchée sur son comptoir vitré, je tergiverse, tarde à faire mon choix, et l'employé me lance un regard insistant : une file se forme déjà derrière moi, comme toujours. Lorgnant le pot jaune électrique de glace au cari, je passe ma commande sans respirer, la voix chevrotante :

— Trois boules à la vanille.

Le cari aurait été une torture. Assise sur le bord du trottoir, le fantôme d'Antoine à mes côtés, chaussures stylées aux pieds, je mange à petites bouchées la meilleure vanille en ville. Je laisse fondre chaque cuillerée sur ma langue, attentive, tout entière au moment présent, mais, comme tout le reste, la crème glacée n'a plus le même goût sans lui pour la partager. Les trois boules s'accrochent au passage dans la quatrième, sans saveur celle-là, qui a élu domicile au fond de ma gorge.

J'évite de penser à la cinquième, boulette à pattes, têtard tapi au fond de mes entrailles.

Une fois que je suis de retour chez moi, dans ma cuisine vide et froide, le sel de mes larmes se mêle aux relents sucrés de la crème glacée. Je sanglote durant de longues minutes, pathétique, à m'en enfler les paupières, à m'en rougir les joues. Tout remonte soudain. On est le 19 juin et c'est une lame de fond : les souvenirs, le manque. Je ressens physiquement l'absence d'Antoine, comme une amputée son membre fantôme. Tout de lui me manque. J'ai un besoin incommensurable d'entendre son rire entre ces murs, d'avoir le visage abrasé par sa barbe, de sursauter au contact de ses pieds froids sur mes mollets, la nuit.

Je veux ses ronflements.

Ses défauts, je veux ses défauts et ses manies agaçantes, je veux les restes de son dernier rasage, laissés négligemment dans l'évier, je veux de l'eau partout dans la salle de bain parce qu'il ne sait pas se doucher sans tout inonder, je veux pousser un cri dégoûté en entrant dans une pièce parce qu'il y a pété. Je veux.

Je suis une droguée en sevrage et je convulse sur le carrelage. C'est laid.

Les heures glissent sur mon corps recroquevillé, la lumière change sans que ma douleur se transforme ou s'atténue. Elle prend toute la place, me tasse dans un coin et se moque de moi, brandissant sa promesse de pérennité. Ma douleur est une chenille qui ne sera jamais papillon, un enfant nain qui ne grandira pas. Une douleur n'est pas toujours un apprentissage. Parfois, ce n'est que ça : de la douleur.

Je pose mes mains sur mon ventre, comme une question. Puis, lentement, je promène mes doigts sur mes côtes, qui pointent à travers le caoutchouc mince de mon épiderme. Une à une, je les escalade des doigts, redécouvrant le paysage de ce corps amaigri, sculpté par l'épreuve. Mes seins ne sont plus pleins et mes cuisses minces ne se touchent plus lorsque je serre les jambes l'une contre l'autre, laissant vacant l'espace que devrait occuper Antoine.

Je laisse mes mains courir sur ce corps, comme si je le redécouvrais, me le réappropriant peu à peu. Tous les 19 juin l'ont vu chanter. J'hésite, je renifle, puis je touche mon sexe d'une main légère, craintive.

Une fleur flétrie dont je caresse les pétales tombants avec nostalgie. Fermer les yeux. Oublier. Oublier que mon souffle rauque est seul dans le silence, ramener Antoine. Je me rappelle ses mots, qui savaient me caresser plus habilement encore que ses mains ; sa poésie d'homme qui avait l'art de me réconcilier avec ma beauté. J'aurais voulu les graver sur des pierres, ces mots, courir le long d'une autoroute du nord et les jeter sur les parois rocheuses d'une giclée de peinture fluorescente en aérosol.

«T'es sculptée dans un rêve… »

Antoine qui touchait ma peau avec déférence, comme si j'avais été la huitième Merveille du monde.

« Où est-ce que t'as eu ces fesses stratosphériques ? »

Pour exister, je recrée ses yeux sur moi.

«J'avais rien vu d'aussi beau depuis la dernière fois que je t'ai vue… »

L'espace d'un instant, j'y crois presque. Mes mains sont ses mains. Puis, dans la montée qui me soulève, j'ouvre les yeux et l'illusion craque, se fracasse sur le réel. C'est en pleurant de plus belle que je jouis sans plaisir, dans des spasmes froids, sur le plancher de ma cuisine.

Dans le couloir, on a tout nettoyé, on a frotté le sang. Je ne sais pas qui s'en est occupé. Néanmoins, ainsi prostrée, je peux voir une gouttelette rouge noirâtre séchée, au bas du mur. Une gouttelette à conviction. La preuve que, à un certain moment, j'ai eu le droit de mourir.

Je décide qu'elle y restera.

COMMENCER UN BEAU PUZZLE 3D

1er juillet. Je suis seule, les déménageurs sont partis, mon appartement est presque vide ; seule dans mon chez-moi éviscéré, duquel on s'acharne aujourd'hui à m'extraire aussi. Tandis que je me laisse glisser le long du mur jusqu'au plancher du couloir, je revois les longues coulures rouges qui le barbouillaient, ce soir-là. Si seulement j'avais pu couler un peu plus, déverser ma vie sur ces murs que nous avions peints maladroitement, Antoine et moi, dans la moiteur de l'été, maniant rouleaux et pinceaux pour la première fois. La peinture n'arrivait pas à sécher tant la chaleur et l'humidité étaient accablantes. Je peux toujours voir, en relief, les séquelles de notre inexpérience : de longs sillons en W, traçant la cartographie secrète d'une chasse au trésor amoureuse. Nous n'avons pas dû le suivre correctement, ce plan.

Il me faut regarder notre appartement attentivement, en enregistrer chaque détail, pour construire une maison, quelque part au fond de ma tête, une maison où me réfugier lors des soirées apatrides qui m'attendent. Il me faut le mémoriser aujourd'hui, lui faire mes adieux, car demain je serai ailleurs.

Christophe et Simone ont fait front commun avec mes parents pour me convaincre de partir. Ils veulent tous que je m'en aille, que le premier pas de la longue marche qui fera de moi une femme neuve soit fait sur un nouveau paillasson, devant une nouvelle porte. Selon eux, je ne peux continuer à habiter cet appartement, ce chez-nous qui nous avait tant charmés, Antoine et moi. Parce que, dans ce cocon surplombant l'avenue du Parc, Antoine est partout, comme une question sans plus de lèvres pour la poser : te souviens-tu ? Dans chaque pièce, des miettes de lui. Et mon cœur comme un aspirateur.

Partir me déchire, mais m'obstiner aurait été avouer ma mauvaise foi, un refus de traitement. Plus j'aurais dit non et plus ils auraient entendu que je ne voulais que ça, me vautrer dans le passé, ne pas aller mieux, ne pas tourner la page. Il a fallu donner le change, faire bonne figure, offrir un peu d'espoir aux gens qui m'aiment. Alors j'ai fini par dire oui. Un petit oui tout bas, un oui fuyant pour me débarrasser, pour que cesse l'inquisition, un oui pas concret pour un sou. Or, mes amis l'ont entendu. En moins de deux, ils m'ont déniché un nouveau chez-moi, plus près d'eux, moins habité de souvenirs. Si vite que je les suspecte de ne pas avoir attendu mon consentement pour éplucher les petites annonces.

Mais j'ai gardé la clé.

Ne pouvant imaginer d'autres amoureux entre ces murs, j'ai signé un nouveau chèque à mon propriétaire. Un nouveau bail, aussi. J'ai acheté la paix en disant oui à tout – oui, déménager ; oui, passer à autre chose –, mais j'ai gardé la clé de mon passé.

Passer à autre chose… Cette foutue expression, répétée sur tous les tons… Oublier l'amour de ma vie, l'homme dont les gènes s'implantent en moi ? Oublier, en claquant des doigts, que mon existence a été retournée comme un vulgaire gant ? J'en suis maintenant convaincue : ça n'arrivera pas. Toujours, l'ombre d'Antoine planera.

Ou, plutôt, elle courra partout, bavera, régurgitera et brisera mes plus jolis colliers. L'ombre d'Antoine me ravagera le corps et le sommeil, me donnera des maux de tête, des rides et des angoisses ; elle finira, malgré tous mes efforts, en thérapie, où elle pourra m'accuser, au final, d'être l'unique responsable de tout ce qui pue dans sa vie. *Génial. J'ai hâte.*

Bref, mes amis ont conspiré afin de me garder à l'œil, faisant toutes les recherches à ma place, trop heureux de me relocaliser près d'eux. Christophe habite Saint-Henri et loue, pour son travail, un studio de photographie de l'autre côté du canal. Simone réside à deux pas de chez Christophe, et sa boutique d'antiquités est située rue Notre-Dame, dans sa Petite-Bourgogne natale. Mon nouveau chez-moi sera juste au-dessus de cette boutique, à l'étage. Son plafond sera mon plancher et nous serons, Simone et moi, des voisines verticales. Je migre donc, je m'enfonce dans la ville, là où l'habituel fleuve automobile dévalant la pente douce de l'avenue du Parc pendant mon premier café sera remplacé par le courant réel, aquatique, du canal.

Ainsi, j'ai passé les derniers jours à empaqueter notre histoire. Je l'ai revécue dans son entièreté, dans ses moindres détails, à travers ses vestiges. Chaque objet faisait danser Antoine devant mes yeux ; ce simulacre de lui avait sur moi le même effet qu'a l'odeur de la nourriture sur l'affamé : évoquer, faire saliver, provoquer des contractions dans l'estomac, des contractions vides, sans possibilité d'être apaisées. Je me suis emparée d'une figurine : un petit robot jaune vif, Robie the Banker, un reste de l'enfance d'Antoine. Des yeux ronds tout verts, deux dents espacées et une main tendue, dans l'attente d'une pièce de monnaie. J'ai placé l'interrupteur à *on* et ai posé un sou sur la main de Robie, qui l'a aussitôt porté à sa bouche pour l'engloutir, dans un bruit de mâchouillement électronique. Combien de pièces, offertes par un tout petit Antoine, y avait-il dans ce jouet-là ? À en croire son poids, beaucoup. J'aurais voulu mettre bien d'autres choses dans la main de Robie, pour qu'il les bouffe, les fasse disparaître dans son ventre de plastique jaune.

J'imagine que certains endeuillés se vautrent dans les objets ayant appartenu à l'être aimé ; je n'ai vu en ceux-ci qu'un rappel de son absence. Qu'est sa tasse préférée aux couleurs des Pingouins de Pittsburgh, avec son anse brisée et son rebord ébréché, sans ses mains et leur façon de la tenir, sans ses lèvres plongeant dans la mousse du café au lait ? Que devient cet hippopotame sculpté, si lourd, rapporté d'un voyage en Namibie, sinon le témoin d'un moment, d'un souvenir que je ne peux plus partager avec qui que ce soit ? Et qu'en est-il de tous ces articles de sport, de ces patins, ballons et haltères, sans plus de muscles à faire travailler pour que je puisse ensuite en apprécier la fermeté, les caresser pendant l'amour? Des cadavres par centaines. Une hécatombe.

Je ne souhaitais nullement emménager quelque part avec, pour tous bagages, des cartons remplis de cendres. Tout est allé à un organisme de charité. Robie et son estomac plein de sous avec. J'ai eu l'impression de tuer Antoine une seconde fois, de l'effacer, de jeter la dépouille de notre amour dans un broyeur. Il n'y a que sa contrebasse – cercueil de bois gonflé de notes, qui me faisait autrefois danser – que je n'ai pu me résoudre à jeter. Et ses chaussures. Les kaki matelassées. Celles du jour de notre rencontre. Même mortes, elles avaient encore de la personnalité.

Puis, j'ai embauché des déménageurs. Deux hommes massifs sont venus, ont vidé mon appartement, semant des perles de sueur et des jurons sur leur passage. L'un d'eux était brun et court sur pattes, le second était plus grand. Rien dans son allure ne me rappelait Antoine. Vraiment rien. Mais j'ai vu ses mains glisser le long d'une boîte, l'empoigner, la soulever, et j'ai un peu perdu la tête.

Le déménageur avait les mains d'Antoine.

Pas des mains comme celles d'Antoine, mais bien les siennes. Comme l'une des pièces d'un casse-tête qu'on connaît par cœur, qu'on a fait mille fois, je les aurais reconnues n'importe où, à l'œil, au toucher; à l'odeur, même. J'ai voulu douter, mettre cela sur le compte de mon trop grand manque de lui, hésiter, me ressaisir. Alors, baissant les yeux, j'ai vu la goutte. Cette goutte de sang séché, tache noirâtre sur la plinthe, qui me narguait, me criait ma sentence de vie. C'étaient bien ses mains. En une seconde, mon besoin de ces mains-là a pris toute la place. Je leur ai chuchoté, dans le creux de la paume, de revenir après la livraison à l'autre appartement.

Ainsi, pendant que tous mes effets empaquetés gisaient sur un plancher encore anonyme de la Petite-Bourgogne, pendant que Simone et Christophe me cherchaient partout, moi, je traînais dans cet appartement, vide comme au premier jour, avec les mains d'Antoine sur moi. Mon souffle n'avait plus le même son, réverbéré dans l'espace nu. Et, tandis que le déménageur sans nom me pénétrait, moi, je me vautrais dans ses grandes mains chaudes et râpeuses, les tenant contre mon visage, les forçant à broyer mes petits seins, les laissant me caresser.

Le doux plaisir de retrouver les doigts d'Antoine en moi, ses doigts humides d'homme maladroit et jouissif.

Ils m'avaient tant manqué que je les ai léchés.

MINI-MOUSE

Je m'installe lentement dans mon nouvel appartement, en apprivoisant chaque pied carré, individuellement, avant d'y poser quelque chose. Découvrir avant de recouvrir. Je prends mon temps, repère les grincements, les planches qui bougent quand on y met le pied, les débordements de la peinture lustrée des murs sur celle, plus mate, du plafond, les bruits des voisins. Mon *chez* et mon *moi* sont en lune de miel : pas encore tout à fait unis. Il y a des boîtes partout, dont je ne sors que l'essentiel. Je me fais croire que c'est parce que j'aime le vide de cet endroit, l'écho de la musique dans ses pièces blanches, pleines de lumière. Peut-être que je refuse un peu de m'installer, aussi. Après tout, c'est la lune de miel d'un mariage arrangé.

Mon nouvel appartement possède deux chambres. Je n'ai pas encore osé entrer dans la petite.

Néanmoins, le charme de ce logis opère tranquillement. J'ai tout de suite aimé ses planchers croches aux lattes étroites, sa cavité rectangulaire, dans le mur de la cuisine, qui a dû abriter la planche à repasser d'une ménagère au début du siècle et dans laquelle se superposent aujourd'hui des tablettes. Je n'y ai encore rien déposé.

De la collection de musique d'Antoine, je n'ai conservé que quelques disques, ses albums de jazz préférés. L'un d'eux, dans le contexte, m'a semblé particulièrement approprié : *Lights of Burgundy*. Antoine n'avait pas manqué de faire mon éducation à son sujet, m'expliquant qu'Oliver Jones l'avait composé en hommage au quartier où il avait grandi, à cette Little Burgundy, Petite-Bourgogne que je découvre aujourd'hui comme une expatriée. Antoine était féru de jazz ; pas moi. Il pouvait en parler pendant des heures ; j'avais l'impression que tous les albums finissaient par se ressembler et confondais sans cesse Oliver Jones et Oscar Peterson. Le jazz avait tout de même constitué, chez nous, contre mon gré, la trame sonore de nombre de repas entre amis. De temps à autre, lasse, je m'objectais ; exigeais en tapant du pied un renouvellement de notre bande sonore. Lui s'obstinait, persuadé que je finirais par être séduite aussi, par me rendre à l'évidence. Quand je piétinais trop fort, il souriait et prenait ma main, se disant sans doute que mon corps serait plus apte à comprendre que ma tête. Force m'est d'admettre que nous avions beaucoup fait l'amour sur *Lights of Burgundy*. Les rythmes parfois suaves, parfois entraînants de cet album avaient habillé nos sensualités dénudées. Il y a quelques jours, j'ai transféré le disque dans mon ordinateur portable. Depuis, j'écoute ses treize chansons en boucle et me surprends parfois à onduler des hanches ou à claquer des doigts. *Tu as gagné, Antoine.*

Je vais un peu mieux, depuis les mains d'Antoine. Comme une toxicomane ayant eu droit à une infime dose, je me suis apaisée. Toutefois, lorsque fusent les premières notes, langoureuses, romantiques, de la piste numéro huit, « My One and Only Love », c'est trop, je ne peux pas le supporter.

Je me précipite pour arrêter la chanson.

Il y a encore peu de meubles chez moi. En plein centre de la cuisine trône, seul comme un iceberg au milieu des flots, un îlot acheté chez Ikea, le fameux modèle surmonté d'un comptoir massif en bois, comme un gigantesque bloc de boucher. Pas encore de tabourets. Mon ordinateur y est posé et la hauteur est parfaite, comme ça, lorsque je suis debout. À quoi bon les tabourets ? J'interromps Oliver avant qu'il ne fasse plus de dommages. Ce n'est pas la bonne ambiance, pas du tout. Aujourd'hui – c'est bien, n'est-ce pas ? Encourageant ? –, je n'ai aucune envie de me vautrer dans le passé. Je veux contempler le présent, ne pas penser, faire le vide. Pour un jour seulement. Le silence.

Mais non. Ça gratte.

Là, dans l'armoire, sur ma gauche, ou plutôt dans le calorifère, sur ma droite ? En petite culotte et chandail de coton ouaté, au milieu de ma nouvelle cuisine, je me fais de pierre et tends l'oreille. *Merde. Pas des souris…* Simone m'avait pourtant assuré qu'après une infestation en règle, deux ans auparavant, le proprio, un peu maniaque, était venu injecter de la mousse isolante dans tous les orifices de tous les murs de tous les appartements de l'immeuble. Elle m'a juré que ce colmatage dégénéré avait été des plus efficaces.

Mais ça gratte.

Après plusieurs minutes à me précipiter dans une direction pour ensuite m'immobiliser, afin de voir si mon arrivée brutale dans un coin ou un autre de la cuisine a un quelconque effet sur le grattement, je me ressaisis. Il n'y a pas encore de rideaux aux fenêtres. Baiser devant les voisins, du temps d'Antoine, ça pouvait aller, mais avoir l'air d'une cinglée sautillante absorbée dans une danse tribale, moins.

Mais ça gratte, bordel!

J'ai envie de lancer quelque chose. C'est comme un robinet qui fuit, la nuit. On n'entend plus que ça, on devient fou. Exaspérée, je lève les yeux au ciel. Et la vois. Quatre minuscules pattes s'agitent frénétiquement au fond du globe recouvrant l'ampoule de la cuisine. Le plafonnier, fait de verre semi-opaque blanc, ne laisse voir que ce qui touche la surface: quatre pattes paniquées. J'éteins prestement la lumière, m'empare d'un linge à vaisselle et grimpe sur l'îlot. Délicatement, je retire le globe de sa suspension de métal. Il y a au moins un trou que le proprio aura omis de boucher.

Le globe est chaud entre mes mains. Très lentement, comme si la chose allait me sauter au visage, je l'abaisse. Au fond, un minuscule souriceau gris aux moustaches roussies tente désespérément de monter le long d'une paroi trop lisse, trop abrupte pour ses petits membres. Il a la taille d'un vingt-cinq sous avec une queue; une bille de poils au cœur dément. *Qu'est-ce que je vais faire de toi?* La souris me regarde, plante, en vain, ses griffes dans le verre, agrippée serré à la vie. Je la regarde à mon tour, attendrie, heureuse de ne pas l'avoir laissée cramer. Je sais que je devrais le jeter dehors, ce petit être frétillant et plein de microbes. Mais.

Je suis seule, perdue et désemparée. Elle est seule, perdue et désemparée. Il me prend des envies de la garder.

Un rire m'échappe.

— Comment on va t'appeler, toi ?

WHO WANTS TO BE ÉMILIE BORDELEAU ?

Je sors de chez moi avec un objectif: trouver une animalerie. Mission *pet shop.* Je pense à ma souris, que j'ai enfermée dans un bocal avec un biscuit soda émietté et un peu d'eau ; Guantánamouse. Ça m'occupe l'esprit. Tellement qu'il me vient des envies de l'appeler Zoothérapie. Au quotidien, on pourrait la surnommer Zoo.

En descendant l'escalier d'un pas qui se fait, au fil des jours, de moins en moins lourd, je jette un coup d'œil chez ma voisine d'en bas et décide d'arrêter la saluer.

La boutique de Simone étant juste sous mes pieds, je pourrais ne me vêtir que d'un bikini pour y faire un saut, même dans les grands froids de janvier. J'ai le bonheur inhibé ces jours-ci, une certaine carence en joie ; pourtant, ce détail m'enchante. À moi cette possibilité neuve de faire irruption chez une amie proche sans m'annoncer; d'y aller si souvent que ça devienne une seconde maison et une plaisanterie récurrente. À moi le luxe de me raconter en personne plutôt que par textos, même lorsque les détails de mon histoire pourraient tenir en une phrase et trois « LOL ». À moi le sentiment de proximité et de communauté que partageait ma mère avec les autres femmes de sa rue, dans son village. À moi le droit d'utiliser, comme elle, les mots « voisine » et « amie » comme s'ils étaient synonymes.

Dans ma vie d'avant, Simone avait coutume d'appeler notre appartement, à Antoine et moi, son chalet. Elle y débarquait à tout moment, venait se reposer, se confier, ventiler, prenant une bière avec Antoine lorsque je n'y étais pas, la sortant elle-même du frigo, sans demander la permission. Je me réjouis de pouvoir aujourd'hui lui rendre la pareille.

Nous sommes donc toutes deux installées sur la rue Notre-Dame, et ce « nous » que je retrouve enfin, si chétif soit-il, me réchauffe. Belle rue Notre-Dame, artère au sens le plus profond du terme, puisqu'elle fait battre le cœur de ce quartier baroque. Elle et ses adresses comme des années : 1934, 1896, 1810. Lorsqu'on la parcourt d'ouest en est, ses chiffres, ses vitrines, vous font remonter le temps. Et mon amie y vit dans le futur, puisque le 2465 abrite l'antre de la bête ; son bureau, son royaume, son coffre aux trésors… Je pourrais passer des heures à y flâner, à soulever puis reposer l'un des mille objets fascinants qui y sont empilés.

Simone est aussi fascinante que chacune des babioles qu'elle vend, et dont elle peut parler pendant de longues minutes, en plissant les yeux et en s'emportant d'enthousiasme. Avec sa dégaine sexy négligée et ses accoutrements tout droit sortis du dernier numéro de *Vogue*, elle détonne au milieu de ses antiquités, les fait paraître plus vieilles encore, par contraste. Son aura et sa trop grande bouche qui sourit comme si elle ne savait pas faire autre chose donnent envie de demander l'histoire de chaque objet, de rester longtemps, de s'abreuver de contes et de ne surtout pas repartir les mains vides. Un écrivain célèbre aurait écrit tel ou tel roman sous cette lampe-ci, cette chaise-là aurait appartenu à la famille d'un mafioso et ce petit coffre, au fond, là-bas, était verrouillé quand elle l'a acquis. Elle en aurait forcé la serrure pour y trouver des piles de photos jaunies de femmes nues, ainsi qu'une correspondance manuscrite passionnée. Je me suis souvent demandé si ces histoires qu'elle raconte sont toutes vraies, si Simone ne les invente pas, parfois, pour alimenter le rêve, pour apporter un supplément d'âme à chaque objet. Mentir pour que le client reparte un peu plus heureux, je l'en sais capable.

Ainsi, tandis que le quartier des Antiquaires oublie son surnom, que ses boutiques du passé ferment les unes après les autres, la sienne demeure prospère. Elle a vite compris la nécessité de dépoussiérer la marchandise pour séduire le hipster en mal de *vintage,* mais allergique aux odeurs qui lui rappellent le grenier ou le sous-sol de grand-maman. Dans ses achats, elle sait faire des choix intelligents, branchés sur les tendances.

— J'te l'dis, Estelle, y a plus personne qui veut d'une maison meublée comme au Village québécois d'antan. Le style Émilie Bordeleau, c'est *out*! Le monde, ils veulent des touches, des accents, un superbe fauteuil Louis XVI qui va clasher au milieu de leur beau loft tout blanc. *That's it, that's all.*

Il semble qu'elle ait raison, parce que ça marche. Il y a quelques années, après de longues et sinueuses études en histoire tout court, puis en histoire de l'art avec bifurcations passagères en architecture et en design graphique, Simone a mis les voiles et est disparue pendant près d'un an, sans diplôme en poche. Elle est revenue échevelée, apaisée, avec une pleine cargaison de meubles exotiques. Elle a ensuite trouvé le local, fait la tournée des brocantes, des sous-sols d'églises et des ventes de garage, épluché eBay comme une championne, et voilà : ça fait deux ans déjà qu'elle mène sa barque de main de maître, au grand dam des autres antiquaires – certains plus périmés que leur inventaire –, qui jugent qu'elle profane la profession.

Simone est intéressante.

À l'aube de mes trente ans, j'en étais venue à la conclusion que j'avais déjà perdu trop de temps en amitiés vides et toxiques. J'avais eu soif de relations qui tirent vers le haut, de ces moments où on regarde au fond des yeux de l'autre et où on se sait comprise, aimée pour le fruit sous la pelure. De ces gens, rares comme des trèfles à quatre feuilles, devant lesquels on ne joue pas, parce que ça ne sert à rien : ils savent. Un beau jour, j'avais jeté un regard sans complaisance sur mon entourage, et j'avais élagué. Ces hordes de copines traînées depuis le cégep, le secondaire ou l'enfance, comme de vieilles fringues, sans jamais me demander si ; ces femmes adultes dont j'avais aimé la forme adolescente, mais avec qui je n'avais plus rien en commun ; ces inconnues au visage familier avec qui je passais des soirées ennuyantes dont je revenais agacée sans comprendre pourquoi... Je les avais toutes éjectées de ma vie. La présence de Simone dans mon entourage ne relève donc pas du hasard. J'ai aujourd'hui moins d'amis, mais plus de temps à leur consacrer. Surtout, je suis fière comme une mère devant leur intelligence, leurs réussites, leur parcours. Je me battrais à la sortie d'un bar de banlieue pour eux s'il le fallait. Ça, c'est de l'amour.

Et, dans le contexte actuel, le seul amour qu'il me reste.

Tandis que je me faufile entre chaises et fauteuils, tentant d'apercevoir Simone derrière son bric-à-brac, j'ai une pensée pour le gros sèche-cheveux qu'elle a mentionné au téléphone le jour de mon attentat contre moi-même, celui qu'elle devait passer chercher, mais ne le vois nulle part.

— Ahh, Estelle ! C'est toi ! C'est l'fun, hein, que t'habites à côté ? Avant, c'est tout le temps moi qui étais rendue chez vous.

— C'est ce que je me disais en descendant, justement. Tu as déjà vendu le séchoir, Sim ?

Elle me regarde un instant, perplexe.

— Le séchoir ! Oui ! Il s'est vendu de même !

Elle claque des doigts. Puis, enfilant des gants de vaisselle tachés, elle s'attaque avec un peu trop d'énergie au décapage, bien entamé, d'une chaise de bois peinte en jaune. Ses yeux m'évitent. Je me sens stupide, soudain, de lui avoir rappelé l'incident du séchoir, de raviver sa culpabilité. C'était maladroit de ma part.

— Regarde ça : cette chaise berçante là date de la première moitié du XIXe siècle. C'est une pièce de musée ! Assemblage à tenons-mortaises et chevilles. Je l'ai payée même pas dix pour cent du prix que je vais pouvoir en tirer. Je capote.

Je regarde la chaise berçante avec une pensée pour celle que mon père avait entrepris de fabriquer, lorsque ma mère était tombée enceinte de moi. Les pièces avaient finalement traîné au sous-sol durant toute mon enfance. Il s'est décidé à l'assembler quand j'ai eu douze ans. À l'image de cette chaise massive, taillée dans un banc de scie par les gros doigts rugueux de mon paternel, se superpose celle de ma propre chaise berçante, ma chaise design des frères Eames, en fibre de verre, blanche, fini mat. Un cadeau de Simone. Bercer un bébé là-dedans m'apparaît relativement téméraire et d'une efficacité qui reste à prouver. Le temps d'une photo pour un magazine de déco, peut-être, mais pour endormir un mioche hurlant, j'ai des doutes.

Je fixe mon amie sans répondre, cherchant pourquoi la joie dans sa voix compte tant de fausses notes, n'atteint pas ses yeux. Est-ce la seule mention du séchoir ?

— Sim, comment tu vas ? Ton opération ?…

Simone soupire et lève enfin les yeux. Des yeux-tempêtes où la colère a remplacé le vent.

— J'ai juste oublié le rendez-vous. Je suis allée dans les Cantons-de-l'Est pour acheter une méridienne en velours rouge. J'ai oublié. Ça va sûrement être long avant que j'en aie un autre… Mais j'ai déjà donné mon nom. Inquiète-toi pas.

— Mais, Sim !

Comme toujours, Simone balaie les nuages du revers de la main et change de sujet. Comme toujours, elle parle sans discontinuer. Peut-être plus qu'à son habitude, même. Tandis que le bois de la chaise se profile lentement, que les multiples couches de peinture roulent sous le décapant, elle me raconte toutes sortes de choses : potins, futilités, nouvelles d'autres amis, description de récentes acquisitions. Je la sens nerveuse. Sans doute heureuse de me voir hors de ma tanière de mon plein gré, mais gardant une certaine crainte, une réserve, comme si tout cela était fragile et qu'il ne fallait pas me brusquer.

Et, tandis qu'elle pépie, tout à coup je ne vois plus que des trucs pour bébés dans sa boutique. Deux chaises berçantes, une lampe en forme de clown, des jouets. Une envie pressante monte en moi : m'étendre sur le premier divan venu, tout dire à Simone, vomir cette nouvelle indigeste, prononcer, enfin, le mot « enceinte ». Je ne comprends pas pourquoi je ne l'ai encore dit à personne. Je ne l'écoute plus, je rassemble mon souffle et mes forces quand, soudain, je repère, dans un coin, une poupée Barbie. Je traverse la boutique et la soulève. Elle est ancienne ; rien à voir avec mes poupées des années 1980. Elle n'est vêtue que d'un maillot sans bretelles, aux rayures noires et blanches, dont le tissu est tendu par ses petits seins pointus. Sa peau est pâle, son front démesurément long sous sa courte frange, et ses jambes infinies sont fixées à un socle circulaire noir. Sa bouche rouge cordiforme ne sourit pas et ses yeux de biais semblent me fixer, me juger.

Voilà pourquoi je n'ai rien dit. Parce qu'être enceinte est pour moi l'antithèse de cela, de la poupée jolie qu'on aime, qu'on admire. Pour moi, être enceinte, c'est la fin d'être femme.

— Combien pour la Barbie, Sim ?

— Pourquoi ? Tu veux l'acheter ?

— Peut-être… Combien ?

— Je te la donne. Cadeau de bienvenue dans le quartier. Si ça te fait plaisir… Tu sais que c'est la première Barbie, hein, celle de 1959. Une pièce de collection.

Simone me regarde d'un air indéfinissable. Elle sent que je lui cache quelque chose. Il faut le lui dire, lui annoncer la présence de la boulette, de ce petit bout d'Antoine dans la pièce, entre elle et moi. Alors, comme toutes les femmes qui ne savent pas par où commencer, je lâche le morceau avec brusquerie, sans entrée en matière :

— J'suis enceinte. D'Antoine. Je le savais pas quand il est mort. J'ai su à l'hôpital.

Simone porte les mains à son estomac en émettant un petit couinement d'animal blessé sur lequel le piège vient de claquer. Elle ne respire plus. Moi, en une seconde, devant son visage convulsé, je prends la pleine mesure et de mes propos, et de ma situation. Avais-je vraiment réussi à faire abstraction de tout ça, ce matin, pour que de la vermine mignonne et une amie-voisine m'allègent le pas ? Je décide de garder pour moi l'épisode de la souris. Et celui du déménageur.

Je suis enceinte d'un mort. Ça fesse déjà assez.

YVES CORBEIL ET MOI

Mon nouvel animal de compagnie m'accueille, ses pattes roses contre le verre de la jarre à bonbons où je l'ai installé, faute de mieux. En guise de couvercle, afin de laisser respirer la captive, j'ai découpé un bas de nylon qui est maintenu en place par un élastique à brocoli. Une étude approfondie des cages à souris, à l'animalerie, m'aura permis de faire deux constats. Un, une cage à souris, c'est très laid. Pas design du tout. C'est coloré, grossier, et ça ne figurera jamais dans une photo du *Wallpaper Magazine*. Deux, toutes possèdent des barreaux nettement trop espacés pour un bébé souris. Je me suis donc rabattue sur un aquarium au design moderne. Il ne me reste que quelques mois de pureté visuelle avant d'être ensevelie sous les blocs de bois, les peluches, les petites voitures et les figurines ; j'entends bien en profiter.

Dans la foulée, j'ai également acheté une échelle (Rongeable et escaladable ! Deux en un !), une roue d'exercice (en réponse au convaincant *You'll see, they run in this like crazy!* de la vendeuse) et une boule à rongeurs, pour permettre à ma protégée de visiter la totalité de l'appartement. Ça me semblait hautement comique que de la voir rouler d'une pièce à l'autre, dans une boule jaune fluo, en se cognant sur les pattes des meubles. Je n'ai résisté qu'aux maisonnettes, toutes plus ringardes les unes que les autres. Elles me rappelaient celles du village entourant la crèche que ma mère disposait sous le sapin, dès qu'arrivait décembre. Pourtant, toujours selon la vendeuse (probable détentrice d'un baccalauréat ès souris), on parlait là d'un accessoire in-dis-pen-sa-ble. Je me suis contentée de l'option rouleau de papier de toilette vide. Ça fera l'affaire, le but n'étant que de lui offrir un endroit à l'abri des regards pour dormir. Un énorme sac de copeaux de bois et un autre de croquettes supersanté sont venus compléter ma facture. Les cent cinquante dollars les plus mal investis de toute ma vie.

J'installe le palace et tente d'y relâcher la bête. Celle-ci refuse obstinément de quitter sa jarre. Et moi, je refuse obstinément de la toucher.

— Allez ! Vas-y ! C'est bien mieux dans ta nouvelle maison, tu vas voir !

Je me fais penser à Simone et Christophe, tentant de me convaincre de quitter l'appartement du Mile End. J'ai beau incliner et secouer le bocal, elle écarte les pattes comme Bambi sur la glace, fait l'étoile et s'accroche. Je n'ose pas franchement retourner le contenant à l'envers, de peur qu'elle se blesse en tombant. Je finis par utiliser un pot à épices et son couvercle troué pour effectuer le transfert. En me trouvant très ingénieuse, je l'avoue.

Peut-être pas si mal investis, ces cent cinquante dollars, finalement, si on considère que je passe ensuite la majeure partie de la soirée accoudée devant l'aquarium, à regarder ma bestiole explorer son nouvel espace et courir dans sa roue aussi follement que l'avait prédit la vendeuse. Elle est tellement éprise de cette roue, en fait, que je décide de l'appeler Yves Corbeil. Je n'ai pas la moindre idée du sexe de ma souris. Je continue de dire « elle », mais Yves Corbeil, ça lui va bien, je trouve.

Petite chose : elle sprinte dans sa roue, se démène, se défonce, sans voir qu'elle n'avance pas. C'est beau et ridicule à la fois.

Je me dis qu'on va bien ensemble, Yves Corbeil et moi.

DES FILLETTES ET DES FEMMES

Je hais quand les hommes boudent. Voilà une arme qui a toujours été essentiellement féminine et qui devrait le rester. Seule la femme arrive à en maîtriser tout l'art, toutes les subtilités. Lorsqu'il s'agit de bouderie réussie, le sexe faible sait insuffler à la chose une certaine élégance, une dignité outragée. Un homme qui boude ne sera jamais qu'un gamin capricieux.

Or, j'ai pris la liberté d'attenter à mes jours : Christophe a revendiqué, en échange, le droit de bouder. *Fair enough.* Il a tout de même fini par m'appeler ce matin, l'air de rien. Parce que, homme comme femme, on ne l'annonce pas, quand une phase de bouderie s'achève. On fait comme si de rien n'était.

— Salut, mignonnette. Aurais-tu le goût d'aller voir une expo de photos avec moi à l'Arsenal ?

J'ai dit oui. Sans m'enquérir du nom de l'artiste, sans poser de questions. Je me fichais de l'expo

– comme de bien des choses ces derniers temps –, mais Christophe m'avait manqué. Voyant mes cheveux courts, hirsutes, coupés à la garçonne, il a eu un sourire en diagonale mais n'a rien dit. Il a plutôt laissé courir ses doigts sur ma nuque, finissant par lâcher un :

— Cool. On a la même « pas de coupe ».

Je lui ai souri. Nous avons ensuite marché, bras dessus, bras dessous, le long de la rue Notre-Dame, comme des amoureux d'une autre époque, jusqu'à l'Arsenal.

— Tu m'as manqué, Christophe.

— Toi aussi, minou.

Pas besoin de plus. Je comprenais tout l'amour tapi derrière sa colère qui n'en était pas, toute l'émotion contenue dans la peur de perdre, dans ce constat de l'insupportable fragilité des choses.

Je pénètre donc dans la galerie principale et marche en silence, au bras de mon meilleur ami. Sur le béton usé, fendillé, vieux sous un vernis encore jeune, dans l'immense espace de cet ancien entrepôt naval maintenant consacré à l'art contemporain, nos pas résonnent. La première photo présentée, large d'au moins trois mètres, représente une femme adulte debout face à l'enfant qu'elle a été. Toute la série est construite autour de ce thème, expliqué dans un court texte à l'entrée : l'enfant et la femme qu'elle devient. Le regard qu'elles porteraient, aujourd'hui, l'une sur l'autre, si elles pouvaient se voir. Certaines sont dos à dos, d'autres face à face ou main dans la main, chaque duo possédant sa dynamique propre. Sporadiquement, les doigts de Christophe viennent chatouiller ma nuque exposée dans un geste distrait et affectueux, comme on gratte le cou d'un chaton. Sous cette caresse de grand frère, je songe moi-même à l'enfant que j'ai été.

À dix ans, mon besoin de plaire était déjà bien ancré, mais je croyais avoir pour armes non pas mon corps, mais mon visage, que j'observais longuement dans la glace en donnant des coups de brosse dans mes longs cheveux, mes actions ou encore ma capacité à retenir l'attention, à être intéressante. Or, un jour, un gamin d'un an mon aîné m'a lancé un « Beau petit cul ! » stupide, pour impressionner ses copains, et je m'en suis instantanément crue amoureuse. C'en était fait de moi. Il ne me suffirait plus d'être jolie comme une enfant peut l'être ; il ne suffirait plus qu'on aime mon visage, mes Doc Martens, mon pantalon Orage avec des appliques carreautées aux genoux ou mes bonnes notes. Mes fesses venaient de commencer à exister, d'entrer dans la liste des choses qui se devaient d'être parfaites.

Je m'étais alors mise à me regarder avec plus d'insistance, moins d'indulgence, à me scruter pour tenter de voir ce que les autres voyaient. Je m'entêtais à rentrer mon chandail dans mes pantalons et mes jupes afin de souligner ma taille, malgré les tentatives de ma mère pour me faire comprendre que ce n'était pas très joli, pas très à la mode, cette manie. Mais qu'en savait-elle ? J'entrais dans une pièce en cherchant les regards d'abord, puis en m'attelant à décrypter ceux que j'obtenais. J'entrais dans une pièce en me répétant que les gens, hommes, femmes, vieux et enfants, me trouvaient assurément jolie.

Et le soir, dans mes prières, je demandais à Jésus et à toute ma parenté décédée d'être plus belle, plus performante, meilleure à l'école, plus intelligente. Surtout plus belle. Ça, je le demandais à Marie aussi, confusément persuadée qu'en tant que femme, elle serait plus apte à comprendre.

Je me voulais plus belle pour avoir plus d'amour encore. Pour que, parmi toutes les petites filles du monde, ce soit toujours moi qu'on choisisse. Être belle de la tête aux fesses, des fesses aux pieds.

J'ai fini par devenir la copine officielle du petit insolent. Il m'a appris à embrasser avec la langue, m'a léché l'intérieur des joues et les amygdales pendant une éternité : deux semaines. Deux incroyables semaines à necker dans les coins sombres d'une cour d'école de village. Deux semaines de pur bonheur, de rose aux joues et de cœur qui chante, deux semaines qui se sont abruptement terminées un vendredi soir, au milieu d'une fête, quand il m'a annoncé qu'il en aimait une autre. C'était en avril. J'avais onze ans.

Christophe m'attend, respecte mon rythme. Il voit bien que l'exposition a beaucoup plus d'effet sur moi que sur lui. Je m'arrête, captivée, devant chaque photo. Une gamine déguisée en lapine blanche tient la main d'une jeune femme vêtue d'un costume d'infirmière lubrique ; une maigre fillette en larmes tient en laisse une femme d'affaires, à quatre pattes ; une petite patineuse artistique défie du regard, poings aux hanches, une grande marathonienne.

On arrive finalement devant la dernière photographie de la série. On y voit une jeune femme nue. Elle est assise par terre dans une position coquette, alanguie, ses deux jambes allongées du même côté. Devant elle, une fillette qui lui ressemble, dans la même posture. Toutes deux sont grasses, collectionnent les replis et la chair en trop. Qu'importe ! Elles partagent, complices, tout sourire, un pot de crème glacée au chocolat. Leurs bouches sont maculées. Et souriantes.

Sous les hauts plafonds de tôle, les poutres de métal et les puits de lumière de l'Arsenal, je suis petite, soudain. Car, devant cette photo pleine d'indulgence et de complicité, pleine d'amour, je me mets à me haïr de ne pas m'être laissée grandir avec bienveillance, en me donnant droit à l'erreur. Je m'en veux de m'être fait pousser à coups de fouet et d'exigences, d'avoir incarné mon propre despote.

Je revois ce printemps de mes onze ans avec une clarté inouïe. J'arrive même à me rappeler ce que je portais en ce 22 avril du début des années 1990, lorsque s'est prise, dans une tête trop jeune menée par un cœur blessé, la décision de ne plus aimer. J'ai voulu ce soir-là refermer la porte par laquelle s'engouffraient des vents glaciaux, une armée piétinant tout sur son passage. Il faudrait, à l'avenir, garder cette porte, la blinder, s'armer. Se protéger.

Être, plutôt, une aimée.

C'est un constat foudroyant : au fond, je suis, j'ai toujours été, une aimante. Une aimante débordante, expansive et intense, trop intense. Être une aimée aura été un choix, un mécanisme de défense, la façon qu'une fillette encore verte, perfectionniste à l'excès, aura trouvée pour se relever et rester debout, alors qu'elle avait le flanc strié d'une large blessure d'amour béante. C'est d'une tristesse infinie.

Devant cette photo, je m'apitoie sur moi-même, mais je pense aussi à la petite fille qui pourrait m'avoir pour mère.

Devant cette photo, j'éclate en sanglots.

JE SUIS UNE VIEILLE BOURGE RACISTE

Une phrase-carrousel tourne en boucle dans ma tête, une phrase courte, trois mots à peine, une phrase-bombe atomique ; petite, avec des répercussions énormes. Je déballe une autre boîte en la répétant, comme pour l'assimiler. *Je le garde. Je le garde. Je le garde.* Je m'en tympanise, la chante comme un mantra, le *om* de mes cours de yoga. J'y mets des intonations assurées, la déguisant en une décision prise et assumée, en un choix fait en toute conscience. Comme si aller m'écarter les cuisses dans une clinique pour me faire succionner l'intérieur par une Dirt Devil de luxe avait vraiment été une option envisageable. *Je le garde. Je le garde. Je le garde.* La dernière trace d'Antoine bat en moi et me bat, à ce jeu-là. Ce n'est plus moi qui fais les choix, et on me le rappelle chaque jour, à grand renfort d'effets secondaires. Nausées matinales, fatigue chronique, seins gonflés, fatras d'émotions contradictoires: un lendemain de veille quotidien.

Dans les tréfonds de mon inconscient, je sais bien qu'une part de moi est sauvée par ce fœtus, par cette boulette à la peau rosée et translucide. Dans ma noyade, mon bébé est aussi ma bouée. Or, le reste de moi panique quand même. Une panique pure et tranchante devant l'avenir tel qu'il semble vouloir se dessiner à mon insu. Cette Estelle-là n'est pas neuve, c'est même la seule que je connaisse vraiment. C'est elle qui n'aurait pas hésité une seconde à aller faire de la boulette un avorton si celle-ci s'était logée là du vivant d'Antoine. Boulette maligne. Boulette parasite. Elle a bien calculé le moment où elle pouvait s'accrocher aux parois de mon intérieur inhospitalier si elle voulait avoir quelque chance d'y rester.

Les bébés, j'ai toujours préféré ne pas leur offrir mes bras de peur de les laisser tomber. Comme Fanny Mallette, dans *Continental, un film sans fusil. Boum.* Le bébé par terre, les regards horrifiés, et moi qui me demande pendant des semaines si je ne l'ai pas fait un peu exprès, si j'ai juste été malhabile ou si ç'a plutôt été une sorte d'acte manqué, une peur des bébés qui s'est extériorisée en haine. Le monde déborde de gens qui honnissent l'inconnu parce qu'ils le craignent. La peur nous fait sentir faibles, alors que, quand on déteste, on est fort. Je suis aux bébés ce que la vieille bourgeoise rurale riche et blanche est au jeune homme de race noire: remplie de préjugés, convaincue qu'ils sont le mal incarné, effrayée et dégoûtée à la fois. Je suis méprisable.

Est-ce ma faute, à moi, si je n'ai pas le réflexe d'arrondir les lèvres, pâmée, à la vue d'une paire de microscopiques Converse All Star ? Si faire des tresses sur une petite tête blonde m'apparaît aussi enlevant qu'une colonoscopie ? Si au moins trois bébés sur quatre défilant dans mon actualité Facebook me font froncer les sourcils avec dédain ?

Et puis, qu'est-ce que c'est que cette nouvelle plaie ? C'est moi ou, ces dernières années, un enfant sur trois naît avec un léger défaut de fabrication ? Depuis que j'ai atteint la trentaine, que mon entourage a commencé à se reproduire, les cas se multiplient. Le mien est autiste, le tien est TED, le sien est Asperger... Tous regardent tourner les ventilateurs avec passion. Si le vôtre est normal, il sera assurément rejeté à la garderie. Attention, le rejet, l'ostracisme, l'intimidation, ça fait des tireurs fous dans les écoles, quinze ans plus tard. Tu es sûr que tu n'as pas, au moins, un petit déficit de l'attention, quelque chose ? Non ? Pffff. Déjà qu'un bébé normal me tente si peu, je crains le rejeton poqué comme la peste.

Antoine, lui, n'avait peur de rien. Les miennes, de peurs, le faisaient rire, lui qui avait le mot « papa » tatoué partout, du cœur au front. On l'imaginait bien, entouré d'une tablée de douze marmots. Il avait le physique, l'assurance tranquille, la patience de l'emploi. Ça et une absence totale d'orgueil lorsque venait le temps de danser sur une vidéo d'Annie Brocoli, de s'accroupir au sol pour faire parler une poupée ou de savourer un invisible thé. Moi, quand la fille X d'un ami Y venait m'offrir une tasse en plastique vide, je la renvoyais à sa cuisinette en lui disant que je préférais les martinis. Pour faire rire mes amis.

Je serai, sans nul doute, une mère à chier.
Je préfère les souris.
Je le garde.

HOMME SAUTILLANT, SAUTE-MOI

Je ne l'ai pas cherché, c'est juste arrivé. Après le déménageur, je m'étais dit que l'incident n'aurait pas de suite : une erreur de veuve éplorée, un moment de faiblesse passagère. *Je te le jure, Antoine, ses mains, c'était toi.* Antoine aurait compris, dans les circonstances. La jalousie n'avait jamais eu beaucoup d'emprise sur lui. Le connaissant, je suis sûre qu'il aurait été flatté, même, de savoir que ses grandes mains usées de contrebassiste me manquaient à ce point. Or, après ce qui s'est passé aujourd'hui, ce premier épisode semble s'être positionné comme le point de départ d'une série, d'une lignée d'Antoine en morceaux. Un puzzle que je me serais engagée corps et âme à reconstituer. Surtout corps.

Je sortais du Toi, Moi & Café, rue Notre-Dame, où je venais de déjeuner seule, perdue dans mes pensées. J'avais dû renoncer à commander mon habituelle «Trilogie en quatre temps», malgré son fort joli nom, puisqu'il s'agit de fromages au lait cru, à proscrire pour les engrossées comme moi, à cause d'une bactérie appelée Listeria qui, paraît-il, cause la listériose. En quatre ans de déjeuners à l'autre Toi, Moi & Café, celui de l'avenue Laurier, je n'avais jamais commandé que cela. Je m'étais donc rabattue en soupirant sur une gaufre aux pommes et noix de Grenoble flambée au calvados (après m'être assurée que l'alcool s'évaporait complètement durant la cuisson). Je n'avais fait que picorer, sans grand appétit, arrosant le tout de trois bols de café au lait décaféiné, pour tenter de berner ma carence en caféine. Attablée devant mon choix numéro deux, je ravalais un léger agacement : déjà l'impression de vivre pour quelqu'un d'autre, pliée en quatre devant les interdits. Bien que grognonne, je demeurais déterminée à jouer les *pregos* parfaites, comme la première de classe que j'avais été.

Au sortir du restaurant, portée à suivre les vélos, j'ai longé le marché Atwater et ses lanternes jaunes suspendues, le Warshaw et la grande SAQ. J'ai marché vers l'eau, attirée par le son du vent, plus libre de ce côté, affranchi des édifices et de leur brique. J'avançais, le regard fixé sur mes pieds, les contemplais dans leurs jolies ballerines noires vernies – deux cafards traçant leur chemin sur les lattes de bois vermoulues de la promenade –, me disant que je ne les verrais bientôt plus.

Je faisais mes adieux à mes pieds.

Comme coupable de ne pas m'y être intéressée davantage du vivant d'Antoine, j'écoutais du jazz à m'en user les tympans. Dans les écouteurs blancs immaculés de mon iPhone résonnaient les rythmes endiablés de « Place St. Henri », une pièce du « bombardier brun du boogie-woogie », du « maharadja du clavier », Oscar Peterson, que j'avais cessé de confondre avec Oliver Jones. Je marchais à petits pas dansants, vouée tout entière au son des cordes de la contrebasse, tapie derrière le piano déchaîné. À grand renfort de Festival de Jazz, de visites guidées historiques et d'anecdotes pédagogiques narrées en faisant la vaisselle, Antoine avait tenté par tous les moyens de me contaminer. Comme les termes médicaux qu'une femme de médecin finit par connaître, malgré elle, les grandes lignes de l'histoire du jazz à Montréal n'avaient pour moi, femme de contrebassiste, que peu de secrets, sans que j'aie pourtant manifesté à leur égard le moindre intérêt.

Et, ce matin-là, mes pieds parcourant le quartier où cette histoire avait commencé, tout ce savoir me revenait : la prohibition qui avait fait de Montréal la seule grande ville où on pouvait encore avoir un peu de plaisir et l'arroser ; les musiciens quittant Harlem pour cette nouvelle terre d'accueil ; les touristes assoiffés d'alcool venant par train les écouter jouer dans les bars de la rue Sainte-Catherine et du boulevard Saint-Laurent ; et les célèbres fins de soirées au Corner. Parce que les musiciens noirs qui faisaient la renommée des cabarets du haut de la ville n'y étaient que rarement les bienvenus comme clients. Ils finissaient donc leurs soirées entre eux, à jammer dans l'un ou l'autre des multiples bars du Corner, à l'angle des rues Saint-Antoine et de la Montagne. Le Rockhead's Paradise, le Café St-Michel, le Black Bottom, le Terminal Club et plusieurs autres avaient fait du quartier le Harlem du Nord.

Du jazz plein les oreilles, j'imaginais le plaisir qu'aurait eu Antoine à aller caresser sa contrebasse avec ces passionnés-là, entre deux spectacles de danse burlesque offerts par de jeunes beautés ramassant quelques dollars entre leurs seins couleur café. Lentement, un fantasme prenait forme en moi, et l'au-delà n'était plus qu'une grande *jazz session* où mon amoureux côtoyait les plus prestigieuses de feu ses idoles. En lieu et place de saint Pierre, à l'accueil, se trouvait un Rufus Rockhead souriant de toute la blancheur de ses dents. Le défunt patron du tout aussi défunt Rockhead's Paradise, une fleur fraîche à sa boutonnière, gérait aujourd'hui le paradis tout court. Et Antoine, entre Charles Mingus et Ray Brown, les doigts véloces comme seuls ceux des anges peuvent l'être, faisait jaillir du rire et du bonheur de son gigantesque instrument. Comme avant.

Puis, la chanson s'est terminée et j'ai levé les yeux.

Il était de dos. Seul, contemplatif. Vêtu de jeans et d'une chemise aux manches roulées sur ses avant-bras, il marchait lentement, une cinquantaine de mètres devant moi. En une fraction de seconde, j'ai reconnu cette démarche-là. La seconde suivante, je me suis dit que j'étais ridicule, que je perdais la tête. Je l'ai fait quand même : j'ai accéléré le pas. D'une main tremblante, j'ai retiré mes écouteurs.

Fascinée, je ne pouvais détacher mes yeux des pas de l'étranger, calqués sur ceux d'Antoine, tellement identiques que j'ai failli pleurer. L'homme marchait avec un faible rebond, comme si ses genoux avaient été montés sur de courts ressorts. Son poids semblait décentré, tirant légèrement son corps vers l'arrière, lui faisant relever le menton et marcher un peu assis, les genoux projetés vers l'avant, comme une marionnette au bout de ses fils. J'avais toujours su reconnaître mon amoureux de loin, précisément à cause de ce pas singulier, de ce pas traînant et sautillant à la fois, qui recelait un je-ne-sais-quoi de joyeux et de détendu.

J'ai eu envie de courir vers lui, de fermer les yeux pour l'embrasser, puis de marcher à ses côtés, en silence, la tête basse pour ne plus voir que cette démarche, sans le visage qui l'aurait trahie. J'ai eu envie que ces pas-là montent de nouveau l'escalier de l'avenue du Parc, qu'ils fassent craquer les soudures du fer forgé, puis le plancher d'une façon bien précise.

Je ne sais plus ce que je lui ai dit, mais il m'a suivie.

C'est moi qui ai payé le taxi. Traverser la ville en taxi, je peux. Comme j'ai pu, à l'insu de Simone et de Christophe, conserver mon ancien appartement. Je ne savais pas, au moment de renouveler le bail, quel usage j'en ferais. Maintenant, je sais.

Je me suis ainsi retrouvée, pour une seconde fois, étendue dans cet appartement presque vide – un lit, une contrebasse, une paire de chaussures, du matériel photo –, aux côtés d'un inconnu dont je ne savais plus que faire après l'amour. Au début, je ne lui avais demandé que de marcher nu devant moi, et il s'était exécuté, amusé, flatté, sans doute, que je veuille l'admirer. Tandis qu'il paradait, je l'avais mitraillé avec mon appareil photo. Comme l'autre avant lui. Après un certain temps, il a paru las de ce petit jeu. Je l'ai laissé me prendre pour ne pas avoir à expliquer, pour que le mot « folle » ne lui traverse pas l'esprit, entre deux éclairs de désir.

J'ai dû lui promettre vingt fois que ces clichés ne se retrouveraient jamais sur internet, que je masquerais son visage d'un flou artistique si j'en venais à développer les photos. *T'inquiète, ton visage ne m'intéresse pas.* De sa démarche dansante, il a fini par partir, par nous quitter, mon appartement secret et moi, faisant geindre le fer forgé de l'escalier dans l'autre sens.

Comme la première fois, le plaisir que j'ai tiré de l'expérience a été intense et étrange à la fois. Un plaisir physique, oui, mais enraciné dans le passé, utilisant la mémoire pour éclore, trouvant sa source dans la capacité du cerveau à se berner lui-même. Comme un rêve dont j'aurais forcé la main, puisqu'il refusait de se présenter de son plein gré, la nuit.

Mon ventre s'arrondit doucement. Dans mes vêtements, je n'ai pas l'air enceinte, pas encore. Juste plus voluptueuse. Mes angles s'adoucissent. Bientôt, je doublerai de taille et finirai par me diviser, trouverai mon prolongement dans un deuxième petit corps. En attendant, je dédouble ma vie : un pied dans le présent et un dans le passé. La future mère habite la Petite-Bourgogne ; la femme, elle, n'a pas encore tout à fait quitté le Mile End.

À coups d'expéditions au nord, j'achète la paix entre elles.

DES FESSES DE JEUNE NOIR DANS DES PANTALONS PATTES D'EF

Après quelques semaines à me petite-bourgogniser, mon sentiment d'être apatride s'évapore doucement. L'esprit n'a pas emménagé aussi vite que le corps, mais lui aussi se pose, à son rythme. Je me douche de jazz, dans la rue, à l'épicerie, aux toilettes, partout. Je découvre de nouveaux musiciens, même. Plaire à Antoine, même s'il est trop tard et que mes boucles brunes ne sont plus, partager cette passion avec lui, au-delà de la mort. Chaque fois qu'il entre chez moi et entend l'une des pièces de *Lights of Burgundy*, Christophe roule des yeux.

— Change de disque, chaton : c'est rien que des tounes pour fourrer, ça !

Il n'a pas tout à fait tort. La majorité des pièces sont d'une sensualité douloureuse pour une esseulée de mon espèce. Certains morceaux conviendraient mieux à un souper aux chandelles, à un slow langoureux ou à un massage à l'huile chaude. Certains morceaux. Juste avant d'aller lui ouvrir, je mets donc « Fulford Street Romp » à plein volume.

— Hein ? Tu peux pas dire que c'est une toune pour fourrer, ça !

Je m'empare de sa main pour le faire danser. Il tente de la retirer. J'insiste en riant. Quelque chose, dans les sonorités de cette pièce, évoque pour moi les prestations des Jackson Five ; des hanches de jeunes Noirs se dandinant dans des pantalons à pattes d'éléphant serrés aux cuisses. Une joie irrésistible. Or, Christophe, sèchement, dégage sa main de nouveau.

— Je reviens de chez Simone. Je suis allé la voir, vu qu'elle devait se faire opérer hier, finalement... Voir comment elle allait...

J'arrête la musique.

— Elle s'est fait opérer ? Elle va bien ?

— Non, ç'a été reporté...

— Encore ?

— Peu importe. On a jasé...

Ses lèvres se serrent, blanchissent, tandis qu'il me regarde droit dans les yeux. Soudain, je comprends.

— Elle t'a dit...

Pour la première fois de l'histoire de notre amitié, Christophe n'a pas été la première oreille dans laquelle je suis allée déverser mes confidences. Simone a dû aborder le sujet en étant persuadée qu'il savait déjà tout.

— Pourquoi tu me l'as pas dit toi-même ?

— Je sais pas...

Je mens. Je sais un peu. C'est comme si quelque part en moi flottait cette certitude que Christophe n'a toujours été mon meilleur ami que par dépit, parce que je ne pouvais lui offrir mieux. Son désir éthéré, vague, omniprésent, son désir dilué à force de répression, m'a toujours rassurée. Christophe est pour moi un phare : tant qu'il éclaire ma route, je peux avancer. Mais on n'habite pas un phare. Pour autant qu'il darde son faisceau, on se soucie rarement de son sort. J'ai besoin d'un regard d'homme désirant ; il jette le sien sur moi. Besoin satisfait. C'est égoïste et instinctif. J'ai toujours évité d'y réfléchir trop longtemps.

Ce besoin s'est fait criant depuis que j'ai perdu mon pilier numéro un. Le numéro deux calfeutre les brèches, empêche la nuit d'être trop noire et l'air de siffler dans les interstices. Christophe a toujours vu quelque chose en moi que je ne sais pas voir, une femme que j'aurais envie d'être. Son regard admiratif, aimant, me donne envie d'être à la hauteur.

Dans ce regard, je suis et j'ai toujours été femme. J'ai besoin de le rester. Voilà.

Être aimée. Vieux réflexe.

L'idée de passer de la colonne des femmes à celle des mères, dans le registre mental de Christophe – et de tous les hommes –, m'effraie. Être mère, je commence à me faire à l'idée. Être vue comme une mère, je ne peux pas. Je m'accroche à mon sexe, à ma capacité à susciter le désir, à mon statut d'objet concave. On entre en moi, on ne sort pas. On s'y blottit, on y va, on y vient et on y jouit. Je refuse d'être spoliée de mon corps.

Voilà pourquoi je ne t'ai rien dit, Christophe. Parce qu'au-delà de l'ami, tu es aussi un homme.

Tandis que Christophe me regarde, ses prunelles nageant dans l'eau et la rage, je vois le doux poison entreprendre son œuvre, se diffuser lentement, opacifiant ses yeux noirs, les recouvrant de ce voile de respect et de déférence dont le monde se drape, invariablement, devant Celles qui portent la vie.

Il y a déjà trop de changements dans mon existence, tout bouge et le sol se dérobe sous mes pieds ; je ne suis pas prête pour ça. *C'est inavouable, mais j'aurais aimé, pour quelques semaines encore, faire semblant de ne pas voir ton regard s'attarder une seconde de trop sur mon cul, Christophe.* Je suis une veuve indigne, une amie indigne et une future mère indigne.

Je lève les yeux vers mon ami qui m'observe, me scrute en silence. Il m'a toujours mieux devinée qu'Antoine ; il connaît mieux mes failles que moi-même.

Alors j'éclate en sanglots et lui déballe mon sac : un sac-poubelle géant, plein, déformé par mes peurs d'enfant de cette foutue génération Y, d'enfant roi qui ne sait que séduire, performer et aspirer à plus, toujours plus. Je lui vomis mon fond, mal, croche, avec des mots timides et des euphémismes, avec des envolées lyriques ridicules, avec des postillons et des reniflements ; l'essentiel passe tout de même, je crois. Il sourit, me presse contre son torse, fait généreusement semblant de ne pas lire son rôle entre les lignes de mon histoire.

— Si tu me refais ça, bella, je t'arrache un bras pis je te bats avec le bout qui saigne, c'est clair ?

Je suis secouée d'un rire silencieux. Il sait que cette expression me fait rigoler à chaque fois. Un gloussement qui se mue en sanglot.

— Chut… Je suis là. T'es pas toute seule, chouette.

Christophe me tient contre lui longtemps. Jusqu'à ce que mes épaules cessent de tressauter. Il ne dit rien. Il n'y a rien à dire. Que pourrait-il ajouter alors que notre relation tient, depuis le début, en équilibre sur le non-dit, cette mince ligne tressée d'hypocrisie sur laquelle nous marchons en faisant semblant que, parce que ça m'a toujours arrangée ? Souvent, il venait souper à la maison, avec Antoine et moi, je remplissais son verre sans discontinuer, puis on lui offrait le divan parce qu'il avait trop bu pour conduire. On avait tous trop bu. Or, ces soirs-là, j'étais toujours prise d'une furieuse envie de faire l'amour, envie que je satisfaisais sans tarder et sans discrétion, indécente petite égocentrique, émoustillée par ce que j'imaginais faire naître chez ce spectateur sans billet, prisonnier du salon. Je l'imaginais se caresser en nous écoutant, et mon plaisir en était décuplé. Je savais qu'il entendait. Il savait que je savais qu'il entendait. De cette évidence, noyée dans la trame sonore de nos ébats, était née une omertà. Aujourd'hui, comme au déjeuner les lendemains de ces nuits-là, il n'y a rien à dire. Il ne reste qu'à prononcer des banalités, à faire semblant qu'on ne voit pas ce qui est flagrant. Même quand tout ça s'agite, goguenard, devant nos yeux.

— J'ai faim.

Je relève la tête et m'arrache à ses bras réconfortants.

— J'ai plus rien dans le frigo…

— On se fait livrer ?

— OK. Choisis.

— De l'indien.

Des banalités, parce que, sans Antoine pour me servir de bouclier, ce désir dont j'ai besoin, je ne peux plus sautiller par-dessus avec le sourire, jouer avec lui à la corde à danser, puis le ranger. De toutes mes forces, je veux le maintenir en place, mais pour combien de temps le deuil, la grossesse me dispenseront-ils d'y répondre ?

Manger de l'indien, comme si de rien n'était.

J'ai demandé à Simone de me trouver quatre chaises anciennes dépareillées pour ma nouvelle salle à manger. Et des tabourets au look industriel pour mon îlot de cuisine. Mais elle cherche toujours. Pour l'instant, j'ai un îlot et une table. Rien où poser les fesses. Ainsi, quand notre festin arrive, trente-cinq minutes plus tard, j'étends une vieille couverture sur le plancher, quelques coussins, et on s'installe pour pique-niquer dans ce semblant de décor indien. Christophe ouvre les plats comme un affamé, et la pièce s'emplit d'odeurs. On mange lentement, longuement, on parle de tout et de rien, on rit, même. Pendant un instant, tout est comme avant. Avant… Je me sens allégée de m'être ouverte à lui. Ses yeux brillent, je le sens heureux de me retrouver.

Étendue sur la couverture, repue, je réalise que c'est la première fois que je mange avec appétit depuis la mort d'Antoine. Pas de nausée. Christophe, lui, en est à essuyer les dernières traces de sauce au fond des barquettes en y promenant son pain nan. Le silence s'installe sans nous gêner ; c'est un silence plein. Plein de notre complicité et de la connaissance qu'on a l'un de l'autre. Plein comme mon ventre de femme.

Mon Dieu. Je suis bien. Juste… bien. J'ai peine à y croire.

Christophe me regarde. Je le regarde. Il se traîne à genoux jusqu'à moi en achevant de mastiquer son pain, un peu clownesque malgré son visage sérieux. Il s'allonge sur le ventre et pose le menton dans ses mains, gamin dans le mauvais corps. Et je le trouve beau, soudain. Beau comme un homme.

Le silence n'est plus plein, plus pour moi en tout cas. Lui ne semble pas avoir senti l'air se raréfier et mon sourire se figer. Il tend la main, la pose sur mon ventre. Selon mes calculs, je suis enceinte d'environ quatorze semaines. Mon ventre présente un léger arrondi. Camouflable sous les vêtements, mais notable.

— Je sais pas s'il lui reste assez de place, avec tout le poulet au beurre que t'as mangé…

Toutes les sensations de mon corps s'éteignent à part celles de ces quelques centimètres carrés de peau qui s'affaissent légèrement sous le poids de sa main. Il regarde autour, fait un geste vague pour désigner l'appartement.

— Tu vas être bien, ici. C'est beau.

— Oui.

Un petit oui de souris, un petit oui d'émotion contenue, une expression d'assentiment étouffée par le poids phénoménal d'une main sur mon ventre. Paraît qu'enceintes, les femmes ont la libido qui s'agite. J'ai lu ça quelque part.

Je me relève un peu trop brusquement. Christophe semble surpris. Se ressaisit. Comprend mal mon mouvement. Pense que je veux qu'il s'en aille. Il se lève, balaie d'invisibles poussières sur ses cuisses, fait mine de chercher son veston. De mon côté, je panique. Pas question qu'une poussée d'hormones gâche la première soirée où je me sens un peu bien, la première ayant contenu des minutes où je n'ai pas pensé à Antoine.

— Reste. Reste dormir… Si ça te dérange pas…

Il semble perplexe, mais soulagé.

— De toute façon, avec mon haleine d'indien, je pourrai fréquenter personne d'autre que toi à soir, Shéhérazade.

— Shéhérazade était perse, pas indienne.

— Pfff. Pareil.

On s'étend de nouveau. Sur le dos, comme deux gamins qui regardent les étoiles en faisant des anges dans la neige. Nos cheveux se touchent; je parle avec mes mains, comme avant, et il rit beaucoup. Il rit en vagues de soulagement, comme s'il m'avait perdue et retrouvée. Et moi aussi. On est bien, tous les deux. Je lui redis encore et encore ma peur d'être une mauvaise mère, ma peur des bébés qui ont la taille d'un petit poulet mais qui prennent toute la place, ma peur panique du corps de mère qui n'appartient plus à la femme, qui devient flasque et douillet: un coussin pour les autres. Je lui répète tout cela plusieurs fois, en changeant les mots, et il accueille ma prolixité sans agacement. Il fixe le plafond, l'air grave, sans rien dire. Le silence est de nouveau plein.

On n'entend plus qu'Yves Corbeil qui s'active dans sa roue, après avoir dormi toute la journée. Les souris vivent la nuit. J'aurai au moins appris cela.

Et, comme si la vie avait repris son cours normal, on finit par éteindre le plafonnier et s'endormir en discutant, perdant d'abord de la vitesse, créant des espaces confortables et somnolents entre les questions et les réponses, jusqu'à ce que nos deux chevelures courtes et sombres se fondent l'une dans l'autre, et puis nos rêves aussi.

Dans mon cou, le souffle de mon meilleur ami a une odeur de glace au cari.

VEUVE CLITO

Lorsque je me réveille, la nuit a pris ses aises. C'est l'heure où le bitume est toujours humide, où les voitures roulent trop vite, leurs conducteurs abandonnés à leur empressement d'être ailleurs, au chaud ; cette heure entre deux souffles où les insomniaques s'apaisent et font enfin leur deuil de la nuit en cours. Je ne bouge pas, n'ouvre pas les yeux, ramenée à la surface par je ne sais quel pouvoir surnaturel de sentir le regard de l'autre sur soi. Christophe est réveillé. Je le sais.

On est étendus l'un contre l'autre, en cuillère, son visage enfoui dans mes cheveux. Mon cœur bat lentement, mais fort, pulsant dans mes oreilles.

Doucement, il pose une main sur ma hanche. Rien que ça. Des fourmis courent partout sur ma peau et en dessous. Je me fais violence pour demeurer immobile. Ça pourrait passer pour un réflexe ensommeillé, le geste automatique d'un homme habitué à partager sa couche. Mais je sais qu'il est éveillé. J'essaie de respirer profondément, d'avoir l'air endormie. Je n'ai jamais été aussi alerte de toute ma vie.

J'avais oublié cette sensation. Après presque neuf ans avec Antoine, j'avais oublié qu'une main pouvait charrier autant de promesses, susciter autant d'émoi, simplement parce qu'on ne sait pas ce qu'elle fera. On attend, et c'est une torture. Chaque seconde décuple les possibilités ; tout le corps n'existe plus que suspendu à cette main.

Elle est là. Simplement là. Posée comme elle le serait sur un oreiller. Sans autre pression que celle de son poids. Immobile. Des milliers d'anges ont le temps de passer. Je l'écoute respirer, lui, et je doute. Peut-être qu'il dort ? Me serais-je trompée ? J'écoute son souffle dans le silence de mon nouvel appartement pas encore tout à fait habité. Aucun tic-tac d'horloge murale, aucun bruit d'ordinateur qu'on a omis d'éteindre. Juste le frigo et son ronron de chat au ventre vide. Puis, il me semble percevoir quelque chose d'un brin trop calculé dans son souffle régulier, un tout petit sifflement retenu, la pulsation d'un cœur dans son expiration. Je suis complètement paranoïaque.

OK. Je compte jusqu'à trois. À go, on fait semblant de se réveiller, on se lève, on va boire un verre d'eau, on se branle un coup dans les toilettes question d'évacuer tout ça, on revient et, surtout, on arrête ce petit manège-là.

J'en suis à deux lorsqu'il colle son bassin contre moi.

C'est subtil, à peine une légère pression, mais c'en est fait de la résistance : mon corps me trahit. Il doit m'en vouloir, celui-là. En manque d'alcool, de sport, de caféine, en manque d'amour, sachant que je le forcerai bientôt à grossir, à se contracter, à se déchirer pour expulser un petit paquet de chairs roses toutes fripées: il anticipe sa dégénérescence prochaine et m'en veut. Corps rancunier, corps frustré, corps félon me livrant sans remords.

Mon bassin répond au contact.

Horreur. J'ai frotté mes fesses, juste un peu, contre Christophe. C'est sûr qu'il l'a senti. Il marque un temps d'arrêt. Notez l'heure pour les archives de la honte: Estelle Saint-Brie, pire veuve *ever,* a frotté son cul contre le sexe de son meilleur ami à 5 h 17, après une longue et épique résistance de sept minutes. Pitoyable.

Ça y est, chacun est parfaitement conscient que l'autre ne dort pas, mais on reste immobiles. L'hypocrisie est pour nous une habitude de longue date. La culpabilité ira au premier à poser un geste franc. Je le sais. Il le sait.

Soudain, un peu trop sèchement, comme on se donne une poussée pour sauter de l'avion, parachute au dos, la main de Christophe remonte vers un de mes seins, qu'il empoigne et écrase. Le geste qui ne permet plus de retour en arrière. Si je veux protester, c'est maintenant. Il m'attire contre lui et je sens une érection digne de mention. *Tu voulais être désirée, Saint-Brie? Gâte-toi!* Ses gestes sont brusques, tremblants, empressés, et je réalise que c'est un Christophe que je ne connais pas qui me tient contre lui. C'est le seul Christophe que je ne connaisse pas, celui que je n'ai jamais voulu voir, dont le grand corps n'est plus celui d'un cousin ou d'un frère à mes yeux. Sa voix est rauque à mon oreille lorsqu'il demande si je suis sûre.

Il ne répète pas la question lorsque je me tais en guise de réponse.

Sans se regarder, sans chercher à se faire face, on arrache du tissu jusqu'à ce qu'il n'y en ait plus. Nus sur un vieux couvre-lit brunâtre à motifs simili-africains, acheté en solde il y a des années sur la Plaza St-Hubert, nus dans une pièce qui sent le pain nan et les graines de carvi.

Et la glace au cari.

Je secoue la tête, et cette pensée est chassée d'un coup par le sexe de Christophe qui entre en moi sans ménagement. Mon meilleur ami, gorgé d'années de refoulement, me prend, comme ça, par-derrière, en me faisant un peu mal. Son corps exige, prend possession, conquiert et ne demande plus de permissions.

Nous baisons sans un mot, sans théâtre, en grognant comme deux bêtes. À des lieues de ce que nous a enseigné la pornographie, nous copulons vrai, sans souci d'esthétisme. Brutaux, assoiffés, meurtris, tout entiers au moment présent, dans le déni total de l'avant et de l'après. De l'après surtout. D'un doigt posé au bon endroit, remué de la bonne façon, il me balance un orgasme dans tout le corps, un drôle d'orgasme trop court, tout en apothéose, quelques contractions fortes qui se taisent aussitôt. Un orgasme coupable. Il jouit aussi, et je le laisse à peine retomber avant d'éclater en sanglots.

Sa. Cra. Ment.

Dégueulasse. Je me sens sale. Une salope sale de charrue sale. En plus, je suis cette fille-là, celle qui pleure après le coït, qui regrette.

— J'suis une personne horrible, une veuve indigne. Ça se fait pas…

— Chut, beauté. T'es en vie.

C'est minimaliste, mais je comprends exactement ce qu'il veut dire. Pendant un instant, j'ai lâché prise, j'ai laissé le voile se soulever un peu.

Je me sens quand même dégueulasse.

CUNNITHÉRAPIE ET SEVRAGE DE CAFÉINE

Christophe dort encore et moi, je sors. J'enfile un chandail à large capuchon, des baskets et des jeans dont je n'arrive pas à attacher le bouton. La languette de la fermeture éclair pend, me nargue, immobilisée au milieu de son trajet. Dehors, je jette un coup d'œil aux alentours : Starbucks, Java U, Lili & Oli. Le bonheur simple de pouvoir s'enfiler, sans culpabilité, quatre ou cinq cafés filtres de suite, jusqu'à en avoir les mains qui tremblent et la voix qui tressaute, me manque. Et, évidemment, j'ai emménagé à moins de quinze mètres de toutes les franchises de cafés possibles.

Je marche un peu vers l'ouest et finis par m'asseoir en soupirant sur le premier banc que je croise, au parc Sainte-Cunégonde. C'est un parc minuscule, dénudé : un gros érable, un petit, six bancs bruns usés et un sentier circulaire à l'asphalte bosselé, déformé par les racines du plus massif des deux arbres ; le tout enclavé entre deux murs tapissés de graffitis. Il occupe l'espace d'un ou deux immeubles qui ont dû brûler ou être démolis. Par habitude, comme pour me protéger de quelque chose, j'entreprends de mettre mes pieds sur le banc, de remonter mes genoux vers mon menton, mais, avec la nouvelle protubérance de mon ventre, la position est inconfortable. J'ai envie de pleurer, de pleurer sur mon saccage. Quelque chose a été brisé. Antoine, trompé, trahi. Mes promesses, profanées.

Je ne pouvais pas faire mon deuil comme il faut, dans les règles ? Rester triste, seule et abstinente assez longtemps pour que mes amis finissent par insister pour me créer une fiche sur Réseau Contact ? Non. Je suis une « tout croche », comme dirait Simone.

Depuis la mort d'Antoine, j'ai laissé deux inconnus promener leurs pattes sur moi, leur sexe en moi, et pourtant c'est la première fois que je me sens coupable. Parce qu'eux étaient lui. Rien n'était brisé puisqu'au fond de leur gorge, sous leur langue, dans les lignes de leurs mains et le sillon de leur dos, c'est lui que j'essayais d'atteindre.

Christophe n'est pas lui, n'a rien de lui. Rien.

Et puis il faisait déjà partie de ma vraie vie, de ma vie d'avant. Je suis une amoureuse de pacotille, une amoureuse sans profondeur digne d'*Occupation double*. « C'est clair, tsé, c'est lui l'homme de ma vie. On a eu des rapprochements, y a des belles valeurs, pis tout'. Quoi ? Y est éliminé de l'émission ? Ben j'vas prendre lui, d'ebord. Y m'a jamais disrespectée. Tsé. »

Comme si je n'avais attendu que ça, que la mort frappe, pour me jeter sur mon meilleur ami… L'impression de salir le passé ; une poignée de suie soufflée au visage de notre amour sans faille. Je me dégoûte.

Mais Christophe me fait du bien. Christophe est mon analgésique. J'en ai besoin.

Fuck.

Mes pensées sont lourdes et éparpillées comme des quilles après un abat quand soudain, devant moi, une fillette, comme un jeune chien piétinant tout ça. Une petite brunette de deux ou trois ans, avec une frange qui lui tombe sur les yeux et une coupe au carré à la Nathalie Simard. Elle se tient droite et me fixe, l'index dans la bouche, les doigts de l'autre main triturant le bas de sa robe à pois verts. Je n'ai même pas le réflexe de chercher la mère : je la fixe, tout simplement, incapable de détacher mes yeux des siens.

Ses prunelles ont la même couleur que les miennes.

J'ai l'impression qu'on se regarde depuis longtemps, que le temps file et que les nuages changent de fuseau horaire, quand, tout à coup, son visage tressaille, se tord. En une seconde, tous ses traits se convulsent. Elle extirpe son doigt de sa bouche pour le pointer vers moi, accusateur, et éclate en sanglots. L'instant d'après, une grande femme à la crinière chocolat, armée d'une poussette, d'un chien en laisse et d'un sac contenant le caca de ce dernier, la ravit en m'adressant un regard outré.

Je suis seule. Ébranlée. Inexplicablement, j'ai envie de pointer le doigt et de pleurer aussi.

Puis, il est là, pieds nus, en jeans et t-shirt, avec ses yeux noirs, ses cheveux en bataille et des plis de sommeil au visage. Là pour effacer mon cauchemar. Christophe. Il coupe à travers le parc, marche dans le gazon clairsemé, s'assoit sur mon banc, se laisse tomber, en fait, en évacuant d'un coup tout l'air de ses poumons. Sans me regarder, il envoie promener son regard sur la façade du salon mortuaire Urgel Bourgie, en face. J'avale de travers.

— Nu-pieds... Tu vas marcher sur une seringue...

— Sainte-Cunégonde... C'est ben laid, comme nom de parc ! Faut dire que le parc est pas super charmant non plus...

Je ris doucement, soulagée.

— La Petite-Bourgogne s'appelait Sainte-Cunégonde avant...

— Comment tu sais ça ?

— Simone.

Un long silence plane entre nous, tandis que la rue Notre-Dame s'éveille et que les cafés environnants ouvrent leurs portes. Christophe soupire.

— Laisse-moi prendre soin de toi, pinotte. T'es perdue, en ce moment, il t'arrive plein de choses, pis pas des petites. Antoine est plus là, mais moi, je veux être là. Pour toi. Pour la bestiole aussi.

Il désigne mon ventre du menton.

— Cette nuit, ça m'a rendu heureux. Vraiment heureux. Mais si toi, ça te rend malheureuse, ça arrivera plus jamais. OK ?

Je pose la tête sur son épaule sans rien dire. Ma tête est un oiseau aux ailes brisées. Je veux un nid où la poser. Je suis prise d'une immense lassitude, aussitôt suivie d'un ras-le-bol viscéral. J'en ai marre de culpabiliser. Je suis veuve et enceinte, forcée d'aller de l'avant. Sur une autoroute sans intersections, sans sorties, sans haltes, dans une direction que je n'ai pas choisie. Et il y a un homme, un homme que j'adore, beau comme la nuit, qui m'offre un lift. Je devrais choisir de marcher ? Par principe ? Pour fuir les yeux qui jugent et les lèvres qui se serrent ? Pour me fuir, moi ? D'un coup, il me soulève dans ses bras et se dirige vers chez moi. Je suis si légère, dans ses bras.

— Allez, j'ai fait du décaf.

Je me cale contre son grand corps et me laisse porter. Ça me rappelle ces fois où je tombais endormie dans la voiture, enfant, obligeant ensuite mon père à me prendre dans ses bras pour aller me déposer dans mon lit.

— Je me sens tellement coupable, Christophe. C'est lourd. C'est comme si je l'avais trompé…

— Chhhhh… Là, mon chat, tu arrêtes. De un, tu peux plus tromper personne. De deux, c'était du sexe thérapeutique, OK ? Comme fumer un joint. Le pot, c'est mal, mais pour un usage médical, c'est correct. La cunnithérapie, c'est superefficace contre les chagrins insurmontables. J'ai appris la technique au Tibet.

J'enfouis mon sourire dans son cou et, alors qu'on passe sous l'enseigne du parc, il ajoute :

— Cunégonde comme nom, si c'est une fille, t'en penses quoi ?

UN BED-IN, COMME YOKO ET JOHN

Après le café, Christophe passe chez lui chercher quelques vêtements et accepte que je l'accompagne. C'est la première fois qu'il me laisse entrer dans son appartement. La tanière du loup. Lui a toujours argué que c'était trop petit pour y inviter des gens ; j'ai toujours pensé qu'il devait plutôt y flotter une embarrassante et indélogeable odeur de sexe.

Comme Simone, comme la moitié des nouveaux habitants du quartier, Christophe habite une ancienne usine reconvertie en tour à condos : celle de l'Imperial Tobacco. Des grandes fabriques désaffectées, ce n'est pas ce qui manque dans le coin.

On traverse de longs couloirs sombres à la moquette épaisse. Dans ce décor qui rappelle davantage un hôtel-boutique qu'un lieu où on vit en permanence, je cherche les vestiges du passé sans les trouver : n'est-ce pas sous ce plafond qu'on a séché, roulé et tassé, avec le sourire, les cancers de nos grands-parents ? Des poumons noirs contre le prestige de travailler à l'Impérial, cette usine qui avait la réputation, avec ses salaires de neuf dollars par semaine à l'embauche, de payer mieux que toutes les autres. Mais non, il n'en reste rien, pas même la vague odeur de tabac, imprégnée au plus profond du béton, à laquelle je m'attendais. La métamorphose est parfaite. Ici, contrairement à chez Simone, les fantômes du passé paraissent avoir déserté l'endroit. Peut-être les travailleuses du tabac ont-elles laissé moins de rêves s'envoler entre les larges colonnades de cette fabrique où elles se considéraient comme chanceuses de travailler ? Toutes ces jeunes femmes, élégantes dans leur uniforme jaune, turquoise, bleu, rouge ou rose, selon leur département, travaillant à produire, emballer et expédier les Player's, Winchester, Ogden's Fine Cut, Sweet Caporal et Turret, semblent, elles aussi, parties en fumée. Il ne reste qu'un contenant. Le contenu, lui, respire l'avenir. Christophe s'arrête devant une porte rouge où le numéro 225 s'étale sur toute la largeur. Il ouvre.

Verdict : c'est effectivement minuscule. Mais ça sent plutôt bon. Ni le sexe ni le tabac.

Je fais quelques pas, embrasse l'ensemble de l'espace en un coup d'œil, et un soupir démesuré m'échappe. D'où vient tout cet air ? Depuis combien de temps retenais-je mon souffle ? L'apaisement se diffuse en moi. Un calmant par perfusion, sans la désagréable piqûre. La petitesse de l'endroit me plaît, me sécurise. Moi qui ai toujours préféré magasiner dans les petites boutiques, prise d'angoisse dans les grandes surfaces, je peux ici appréhender l'espace, le maîtriser. Mon abri, mon bunker contre le monde et la douleur. Un cube de béton brut, percé de grandes fenêtres habillées de rideaux noirs.

Mon nid en hauteur.

Mon sac à main s'écrase au sol avec un bruit mat, je m'avance dans le loft, promène mes yeux sur les détails, les objets. Puis je comprends. Je comprends pourquoi Christophe m'interdisait l'accès à son chez-lui. Il y a un peu de moi partout, ici. Je traîne dans les coins. C'est subtil, quelqu'un d'autre ne remarquerait rien, mais moi, je reconnais ces billets de théâtre qu'il a réunis en un collage et encadrés: ce sont toutes les pièces qu'on a vues ensemble. Et cette superbe photo artistique, en noir et blanc, d'une femme de dos qui saute à pieds joints dans une flaque d'eau du carré Saint-Louis, c'est moi. J'avais oublié ma clé dans mon appartement et on avait passé des heures à déambuler sous la pluie en attendant qu'Antoine revienne. Et ce bouquet de fleurs séchées: n'est-ce pas les roses que je lui ai offertes lorsqu'il s'est fracturé une jambe en s'essayant au longboard? Je sens son regard brûlant sur moi pendant que le mien ratisse l'espace. Un coin salon, un coin cuisine, un coin salle à dîner, et un peu d'Estelle dans tous ces coins. Je lâche prise. Et après? *Tu ne vas quand même pas faire semblant d'être surprise?* C'est si petit. Un nanoloft. Seule la salle de bain constitue une pièce fermée, et le lit de Christophe trône au-dessus, dans une sorte de mezzanine.

— Je peux?

Il me fait signe que oui, me regarde gravir l'échelle, comme une gamine qui va rejoindre sa grande sœur dans le lit du haut. L'espace y est limité; on ne peut s'y tenir qu'accroupi, assis ou couché. Je me laisse choir dans le lit défait de Christophe, son lit brouillon qui sent l'homme. Rien que l'homme. Et je m'endors.

Le lendemain, les fleurs et les billets de théâtre ont disparu, mais je saute toujours dans les flaques d'eau.

On ne ressortira pas de chez lui pendant cinq jours.

À la fin du premier, la pile de mon téléphone cellulaire rend l'âme. Le fil permettant de le brancher est resté chez moi. M'en fiche. Simone appelle plusieurs fois sur celui de Christophe, mais on ne répond pas. Une fois, le deuxième matin, pour éviter qu'elle alerte les flics, Christophe lui envoie un message texte, se fait rassurant, lui écrit que je suis avec lui. Je le presse de demander à Simone d'aller nourrir Yves Corbeil. Elle a la clé.

Le quatrième jour, on sonne à la porte.

Peu nous importe. Que le monde hurle en bas, qu'il brûle, on est dans notre nid, à l'abri. Notre fusion n'admet ni spectateur ni invité. Autarcie.

On dirait qu'ici je laisse aller mes questionnements comme autant de ballons rouges gonflés d'hélium. Je lâche les ficelles et me vautre dans une bulle hors du temps, hors du réel.

Pendant ces cinq jours-là, en Christophe, j'oublie Antoine. J'oublie qu'il a existé, qu'il s'est enfui comme un voleur avec nos rêves et notre avenir. Ici, les prochains mois m'apparaissent supportables.

Antoine, comme Simone, est resté à la porte.

UNE ÎLE PLEINE DE CUPCAKES

Le sixième jour, il faut émerger, briser la membrane du cocon. Premièrement, même les conserves de thon et les arachides rancies y sont passées, c'est officiel: on n'a plus rien à manger. Deuxièmement, Christophe doit traverser le canal, se rendre à son studio: une séance de photos pour un magazine de mode y est prévue depuis longtemps. Je me rassemble, m'agrège et en profite pour retourner tâter le pouls de mon chez-moi. Après cinq jours à flotter dans les t-shirts de Christophe comme dans un utérus, il faut bien que je retrouve une apparence adulte. Aller chercher des vêtements, me refaire femme. À mon arrivée, Simone est assise dans les marches de mon escalier, songeuse. Elle boit un café à petites gorgées en tapant du pied, ses bras entourant ses genoux. Elle m'attend, de toute évidence.

— Sim! Ça fait pas cinq jours que t'es assise là, j'espère!

Surprise, elle lève les yeux vers moi. Des yeux douloureux. Pas amusés du tout.

— Salut Esse. Non, Christophe a fini par répondre au téléphone… Il m'a dit que tu t'en venais. J'aimerais ça te parler…

Simone entre à ma suite. Je remarque qu'Yves Corbeil a de l'eau propre, des croquettes. Sa cage a été nettoyée. Mon amie cherche quoi dire dans la poussière accumulée. Lorsqu'elle trouve enfin, ce sont des mots-dards, des mots crève-bulle qui sont lancés.

— Me semble que, pour une fille enceinte de lui, tu l'oublies pas mal vite, Antoine…

— Pardon ?

— Attendais-tu juste qu'il meure pour sauter sur Christophe, coudonc ? Si c'est ça, t'aurais juste dû le laisser de son vivant, ç'aurait été plus honnête pour tout le monde…

Je suis bouche bée. Je commence à articuler la première syllabe de dix phrases différentes – l'une pour me défendre, l'autre pour attaquer, plusieurs pour crier mon indignation –, mais aucune ne passe mes lèvres. Le coup est trop bas, assené alors que toutes mes gardes étaient baissées. Je ne fais rien d'autre qu'encaisser. Devant moi, Simone ferme les yeux et prend une longue inspiration. Elle aussi, soudain, semble réaliser l'ampleur de ses propos. Elle change complètement de direction.

— C'est juste que moi, je pense à Christophe, là-dedans. Ça fait longtemps que je l'sais, qu'il t'aime, Estelle… Tout le monde le sait. Même Antoine le savait. Et puis je sais aussi que t'as besoin d'une bouée en ce moment, pis que Christophe accepte totalement de jouer ce rôle-là, mais faut que tu penses un peu à lui aussi…

Je balbutie quelques mots informes, trop assommée pour formuler une réponse consistante. De toute façon, Simone ne m'en donne pas l'occasion. Elle continue sur sa lancée :

— Pour l'instant, tu le vois pas, mais à un moment donné tu vas aller mieux. Tu vas cicatriser pis t'auras plus besoin de lui. Il va avoir pelleté à côté de toi pendant des mois pour enterrer Antoine, pis quand ce moment-là va arriver, tu vas juste le pousser dans le trou lui aussi, refermer tout ça pis partir sans te retourner.

— Ben voyons, Sim ! Qu'est-ce que tu dis ? Je…

— Laisse-moi finir, Estelle. Ça fait quand même quelques années qu'on se connaît, t'es mon amie, je t'aime, pis t'as des maudites belles qualités. Mais t'es une île. Une île qui a besoin de rien ni de personne, qui laisse le monde venir s'échouer sur ses plages quand ça l'arrange pis qui le renvoie à la mer quand elle s'en lasse. Une île qui veut juste que les touristes tripent dessus, qu'ils tombent en amour avec pis qu'ils rêvent de vivre là sans pouvoir le faire pour de vrai. Je sais pas comment Antoine a réussi, mais Christophe, il est pas comme Antoine. Christophe est comme moi, comme tous les autres : un visiteur. Point.

Le portrait est laid. Pourtant, je sais qu'elle n'a pas complètement tort. L'ensemble de ma vie, de mes gestes, de mes décisions, de tout temps, n'a eu pour but que de me faire forte, infrangible. Surtout, que je ne dépende pas des autres. *À go, aimez-moi : vous allez voir, je suis ben ben l'fun. Mais je ne me risquerai pas à vous aimer en retour, par exemple. C'est à prendre ou à laisser.*

Sauf avec Antoine. J'avais baissé la garde avec Antoine.

— Le jour où tu vas aller mieux, tu vas voir Christophe comme tu l'as toujours vu : un beau gars dont l'admiration pis l'amour pour toi sont super flatteurs, mais qui t'intéresse pas. Pas vraiment.

Je ne sais pas quoi répondre à ça. Que durant les cinq derniers jours, j'ai eu envie de vivre, de me relever ? Qu'égoïstement, je ne veux pas me questionner davantage ? Que je suis enceinte d'un homme mort et que ça devrait me donner droit à un minimum d'autoapitoiement ? J'ai cinq ans tout à coup et une forte envie de lui crier qu'elle était mon amie avant d'être celle de Christophe, mon amie à moi, et qu'elle devrait prendre pour moi, et que.

— Et pourquoi tu t'en soucies autant, tout à coup, de Christophe ? C'est un grand garçon, il peut se défendre tout seul. C'est vraiment parce que tu t'inquiètes pour lui que t'avais ces yeux-là, tes yeux de chien battu quand je suis arrivée ? J'ai l'impression qu'il y a autre chose, que tu m'en veux, Sim, mais je comprends pas pourquoi.

— C'est ça, retourne la situation. Cherche-moi des bibittes pour être sûre de pas avoir à te regarder en face pis à te poser de questions.

Simone dit les bons mots, mais avec une voix moins assurée, soudain. J'ai l'impression d'avoir effleuré une vérité cachée. Aurait-elle des sentiments pour Christophe ? Depuis tout ce temps, je m'en serais rendu compte… Non ?

— T'es amoureuse de Christophe…

— N'importe quoi !

Puis, soudain, Simone perd sa contenance et m'explose au visage :

— C'est pas cool, ce qui t'arrive, Estelle. C'est l'horreur, même. Mais, sérieux, si tu pouvais arrêter de te prendre pour le centre de l'univers deux secondes, ça donnerait un ostie de break à tout le monde !

Je ne m'embarque pas là-dedans avec elle. Je ne la suis pas dans cette dispute-là. Elle poursuit, seule :

— Madame Parfaite ! Madame J'ai-toujours-tout-ce-que-je-veux ! Madame…

D'une voix excessivement calme, je répète ma question :

— C'est ça ? C'est Christophe ?

— Non, c'est pas Christophe, câlisse ! C'est… c'est toi ! As-tu remarqué que tu nous fréquentes séparément depuis la mort d'Antoine ? C'est Christophe ou c'est moi. Jamais les deux. Notre trio, il existe plus. T'as tellement besoin d'attention que t'es plus capable de partager tes amis. Ah, pis *fuck off* ! J'étais pas venue ici pour qu'on s'engueule.

— T'étais venue pour quoi, au juste ?

— Parce que je trouve que tu pousses, que t'exagères…

— Je pousse ?

Elle ferme les yeux, presse ses doigts sur ses paupières, secoue la tête en soufflant fort par le nez. Lorsqu'elle reprend la parole, Simone est calme. En surface, du moins.

— J'étais juste venue pour te dire de pas détruire Christophe en te reconstruisant. C'est-tu trop te demander, ça ?

Je suis abasourdie. Mon intuition me chuchote que mon amie ne me dit pas tout. Reste que, quelles que soient ses motivations, ses accusations portent. Selon elle, j'abuse de Christophe, me joue de lui, tire profit de ses sentiments à mon égard. Sale égocentrique que je suis. On dirait que je n'ai jamais fini de tourner autour de moi-même, de jouer à pleines mains dans mes entrailles. J'ai une pensée pour Charles Aznavour : *Je précédais de moi toute conversation.* Ai-je précédé de moi toute relation ?

Lorsqu'il vient frapper à ma porte, tard ce soir-là, Christophe tombe nez à nez avec un post-it qui lui enjoint de partir et de ne plus revenir. « Pour un bout. » Il insiste longtemps, avant de finir par laisser, sur le paillasson, un énorme bouquin sur les étapes de la grossesse et une boîte de six petits gâteaux de chez Itsi Bitsi. Trois roses. Trois bleus.

Je les bouffe tous en pleurant, du crémage, des larmes et du mascara partout dans la figure.

Au chapitre deux du livre, qui traite des changements hormonaux liés à la grossesse, on dit (presque) que c'est normal.

BEDAINE BEDANG

Ça fait une semaine que je survis sans Christophe. Dans ma tête tournent en boucle des phrases qui empruntent la voix et les intonations de Simone ; des phrases qu'elle n'a pourtant jamais prononcées. *C'est Christophe qui te manque, ou c'est toi-même, dans les yeux de Christophe ? son amour ? son regard sur toi ? la belle image qu'il te renvoie comme un miroir ? Avoue.* Lui comprend trop bien ce qui s'est passé. Il est allé à la boutique engueuler Simone. Je l'ai vu arriver, me suis couchée, l'oreille au plancher, l'ai entendu hurler et briser des objets antiques. Lui d'ordinaire si peu violent a pourtant fracassé une lampe : j'ai entendu du verre éclater. Et je devine qu'il a détruit la nouvelle chaise berçante. Il y a eu un grand craquement, puis Simone a hurlé que ça lui avait pris des heures à la décaper avant de se mettre à sangloter bruyamment.

Christophe me manque terriblement. Quand j'y pense, moi aussi j'ai envie de briser des antiquités. J'imagine que, si j'obéis, si je continue à le tenir à bout de bras, c'est que je sais, au fond de moi, que Simone a raison. Pourtant, quelque chose m'agace. Je connais bien mon amie, depuis longtemps, et un fond d'intuition me mijote au creux du ventre. Sporadiquement, c'est une petite bulle de clairvoyance toute ronde qui s'en échappe, qui me remonte dans la gorge et m'oblige à me la racler. Comme un moustique sur ma nuque, une poussière dans le blanc de mon œil droit : c'est là, je le sens, mais n'arrive pas à mettre le doigt dessus. Christophe ? Simone amoureuse de lui ? Je ne sais plus. Probablement parce que je me sais incapable de gérer cette éventualité, de trouver une position confortable ou même tolérable entre eux deux, je préfère douter : impossible ! J'aurais vu, senti, détecté quelque chose, non ? Reste que Simone, lors de notre dispute, a manifesté un niveau d'émotivité inhabituel, elle qui prétendait venir en arbitre, en amie neutre.

J'évite d'y penser trop longtemps. Comme les enfants se croient invisibles en mettant simplement leurs mains sur leurs yeux, j'aime à croire que le problème disparaît si je n'y songe pas. Suffit d'occuper mon esprit à autre chose.

Chaque jour, je marche longuement dans mon nouveau quartier, en quête d'apaisement. J'aspire à la vacuité mentale, à l'ataraxie, me perds dans la contemplation. Je découvre un quartier mêlé dans son identité, portant encore les traces de ses heures de gloire, mais aussi les marques des chirurgies qu'on lui a ensuite imposées. De sa position idéale, coincée entre le canal Lachine et le chemin de fer, la Petite-Bourgogne a vu naître et mourir l'ère industrielle, avec toutes ses luttes ouvrières. Puis, quand les usines se sont tues, il semble qu'on l'ait rasée, tout simplement. Tout un quartier, massacré ; ses habitants, expropriés, relocalisés, sous prétexte de « rénovation urbaine ». Le maire Drapeau rêvait de planter un échantillon de banlieue dans ce bout de Montréal décrépit, et il l'a fait, assenant un coup de poignard mortel au cœur de ce quartier ouvrier coloré, laissant une cicatrice qui en a à jamais changé la face. Étrangement, je trouve à ce paysage d'usines centenaires s'amalgamant aux constructions typiques des années 1960 et 1970 des effets lénifiants. L'imperfection et la laideur environnantes me calment, en quelque sorte. Ici, on a le droit de se réinventer, de pousser un peu croche, d'essayer. On a droit à l'erreur.

Petite-Bourgogne. Un si joli nom. Bourgogne comme ce vin que je ne peux plus boire, bourgogne comme ce sang que je ne perds plus, chaque mois. Une terre rouge sombre où enterrer mes larmes. Où tenter de planter les germes d'une nouvelle vie. Peut-être.

Je monte vers le nord, jusqu'à cette large rue sans âme qui pourtant porte son nom : Saint-Antoine. C'est la limite, l'enceinte de mon nouveau chez-moi. Autrefois, les gens « d'en bas de la track » ne se mêlaient pas avec les « snobs d'en haut », les professionnels, les riches... Après avoir joué les princesses adorées pendant des années, me voilà humblement redevenue fille du peuple, ironiquement séparée de ma vie d'avant, de ma vie d'en haut, par une rue qui porte le nom de mon prince perdu.

Mon quartier s'arrête là, s'étend au pied de l'autoroute, affalé, indolent. J'en contemple la frontière, ce long ruban de béton en décomposition aux pieds éléphantesques, plantés dans un sol gaspillé où on n'a pas su semer mieux que des stationnements. Ou rien. En plusieurs endroits, rien d'autre que des terrains vacants ceinturés de clôtures. Mon quartier est à genoux, menotté, au pied de la ville. Et moi, dedans.

Mon cellulaire vibre. Un long message texte de Christophe. Il m'annonce qu'il m'a obtenu, grâce à un ami médecin, un rendez-vous pour une première échographie. Qu'il s'y rendra avec moi. Que « non » n'est pas une option. Le message finit sur un « Pis fuck Simone. Je veux te voir. À mes risques et périls. »

D'après le chapitre cinq de ma nouvelle lecture de chevet, l'échographie doit avoir lieu entre la onzième et la treizième semaine de grossesse. Selon mes calculs, seize semaines se sont écoulées depuis mes dernières règles.

Me battre ? Ras le bol. Je rends les armes. Je me retrouve donc étendue dans une clinique privée, mon petit bedon rond pointant vers le plafond. Christophe tient ma main tandis que le médecin, un ami d'enfance à lui, m'enduit le ventre d'un gel tiède.

— À seize semaines, le fœtus mesure environ dix-sept centimètres. Allons voir ça ! S'il est visible, voulez-vous connaître le sexe, mademoiselle Saint-Brie ?

— Euh… oui.

Christophe glousse brièvement.

— Cunégonde pour un gars, ça serait ordinaire…

Cunégonde. Celle de Voltaire me vient à l'esprit : femme-objet consommable, aimée pour sa beauté. Une poupée Barbie encore plus ancienne que la mienne, promenant son corps dénué d'esprit dans un conte philosophique, causant la perte de l'homme qui l'aime ; pauvre Candide, renvoyé du meilleur des mondes pour un baiser échangé avec elle. Je regarde Christophe, me mords la lèvre, pense aux paroles de Simone.

— Personne s'appellera Cunégonde. Commence à brainstormer sur une autre option tout de suite.

Le médecin, tout sourire, promène la sonde sur mon épiderme englué. Il cartographie mon bas-ventre lentement, mettant de la pression ici et là. Sur l'écran, devant moi, ça griche en noir et blanc. Puis, son sourire et sa main se figent. Il scrute l'écran, me regarde, considère l'écran de nouveau, puis Christophe. Il dépose la sonde et se met à me bombarder de questions auxquelles je réponds de mon mieux, perplexe, jusqu'à ce que Christophe intervienne :

— Marc, qu'est-ce qu'il y a ?

Sa réponse nous assomme tous deux :

Vide.

Mon utérus est bel et bien gonflé, mais il est vide. Inhabité. Pas de bébé-boulette. Pas de Cunégonde. Rien. Que du vent chaud. Christophe se tourne vers moi, catastrophé.

— Mais t'as un ventre… T'as plus de règles, non ? T'arrêtais pas de vomir ! Pis ton autre médecin, à l'hôpital, après ta tentative de suicide, il t'a dit que t'étais enceinte, non ?

— Me semble… oui… J'étais un peu dans les vapes…

La mâchoire barbue de Christophe semble sur le point de se décrocher, de tomber sur le carrelage. En entendant les mots « tentative de suicide », le Marc, lui, a une lueur dans l'œil, hoche la tête d'un air entendu, demande des précisions. Christophe se ressaisit, raconte Antoine, l'accident, ma descente aux enfers. Son ami enfile des gants blancs qui lui montent jusqu'aux coudes pour nous parler de la grossesse nerveuse, qui est très rare, mais qui arrive parfois, quand la personne a un fort désir d'être enceinte ou qu'au contraire elle le craint intensément. Ou les deux. Il parle d'état psychologique particulier qui agit sur les hormones, provoquant tous les symptômes classiques de la grossesse : arrêt des menstruations, nausées, vomissements, prise de poids, seins plus volumineux, ventre rond.

Il parle de mon ventre rond, mais vide.

Il parle trop.

SE DÉGONFLER, DANS TOUS LES SENS DU TERME

Christophe m'a ramenée chez moi, où je me suis enroulée en chien de fusil autour de mon ventre qui perdait de son assurance, qui se dégonflait à vue d'œil. Retour à la case départ, recroquevillée sur mon vide. Je n'avais eu que la peur au ventre. Rien d'autre.

Grossesse nerveuse. Pseudocyesis, qu'il a dit, le docteur. Et, là-dedans, j'ai au moins compris le préfixe.

— Personne. Tu le dis à personne, Christophe. Si jamais tu le dis à quelqu'un, même à Simone…

— Chut…

J'ai été trahie par mes nerfs, mes synapses, mon cerveau ; trahie par mon cœur carnivore qui, sans viande, a eu un tel besoin d'un substitut qu'il en a créé un. Le petit bout d'Antoine qui vivait encore jusque-là, le mince espoir que quelque chose de lui subsiste vient de s'évaporer dans un bruit de ballon d'anniversaire dont le bout nous glisse entre les doigts avant qu'on ait pu y faire un nœud.

Je n'ai pas bougé depuis. Christophe est là, mais tout est incomplet, soudain. Il y avait moi, ma boulette d'Antoine en formation et Christophe. Ça se tenait, comme équipe de survivants. Une famille. Maintenant, il n'y a plus que lui et moi. Et Antoine comme un trou noir, un vrai, dont l'absence prend toute la place. Ma carence de lui, grimpante, se propage comme un cancer, me dévore tout le corps, court sur mes seins percés à l'envers, dont la plénitude fuit par en dedans.

Et puis plus rien ne justifie l'impardonnable relation que j'ai développée trop tôt avec Christophe. Je ne suis qu'une veuve à la santé mentale détraquée, se consolant de façon obscène dans les bras de son meilleur ami.

C'est un Christophe muet, sonné, qui pose les flacons sur ma table de chevet : antidépresseurs et antipsychotiques. Beau combo. *Une boisson gazeuse avec ça ? On supersize vos frites ?* Je suis la folle du logis. Mon ami-amant s'assoit sur le lit ; je me raidis. Au même moment, une contraction douloureuse me parcourt le bas-ventre. Juste là, sous mon nombril, des portes qui grincent, des scaphandriers qui font des bulles, des chiens qui aboient et du magma en fusion. J'ai mal. Et soudain, je me liquéfie. Là, entre mes jambes, une sensation de chaleur, une poix humide. Ce sont mes espoirs qui s'écoulent, mes illusions et ma force. Ma pseudoforce.

Tout ça, le long de ma cuisse gauche, en un ruisseau sanguinolent.

Pourtant, je suis plus déréglée que jamais.

HOMMES DÉPÔT

Ce n'est qu'après avoir perdu Antoine une deuxième fois que je me suis mise à réellement les chercher. C'était ça ou la mort : ils étaient tout ce qu'il m'en restait. Je devais les retrouver tous, ces infimes morceaux de lui. Les accumuler. Les collectionner. Ç'a commencé à m'obséder. Reconstituer l'amoureux perdu, bribe par bribe, patiemment, en papillonnant d'un homme à l'autre, leur multiplicité seule pouvant les garder anonymes et leur faire remplir leur fonction. Surtout, qu'ils demeurent des pièces, des fractions, et ne deviennent pas des hommes. Chacun des détails que je me rappelais devenait proie. Le chasser, le débusquer sur d'autres hommes. Comme si Antoine avait explosé en mille éclats, s'était dispersé sur la ville telle une pluie, tout dieu qu'il était, distribuant ses grâces aux mâles moins choyés par la nature. S'ouvrait alors pour moi une véritable chasse aux trésors, un rallye humain en quelque sorte.

Avoir retrouvé ses mains prouvait que je ne les avais pas oubliées. Et sa démarche. Revoir sa démarche couler, fluide, douce, comme du miel sur mon cœur râpeux. Deux doses. La pseudoboulette et Christophe avaient su me sevrer un temps, mais plus maintenant. Mon corps, vidé d'un souffle, comme un œuf de Pâques par un enfant indélicat, en redemandait.

Je suis allée m'asseoir, seule, à la Drinkerie Sainte-Cunégonde, dans mes jeans taille 26 maintenant bien attachés et mon soutien-gorge 34B à demi rempli, déterminée à rattraper tous les verres sacrifiés en vain. En revanche, je n'ai pas commencé le cocktail de pilules du bon docteur. Selon la jeune pharmacienne que j'ai consultée, ça se marie mal à l'alcool, ces trucs-là. Dans cet ancien salon de barbier reconverti en taverne tendance à la déco vintage, je me suis donc attelée, verre à la main, fesses bien calées dans l'un des tabourets moelleux du bar, à dresser une liste exhaustive des caractéristiques physiques d'Antoine que j'arrivais à me rappeler : son sourire, ses yeux bleu-gris, sa mâchoire couverte du piquant d'une barbe rousse de quelques jours, ses pieds larges, veineux, simiesques, ses boucles châtaines, son nez en bec d'aigle, son dos large et solide comme un chêne âgé, ses fesses bombées

Et, pour une fois, je ne pleurais pas en y repensant, car la possibilité de le retrouver, même en pièces détachées, existait. J'en avais eu doublement la preuve.

J'ai payé le barman, qui m'a lancé un sourire invitant. Je l'ai fixé jusqu'à ce qu'il ne sourie plus, mais je n'ai rien trouvé. Rien d'Antoine chez lui. J'ai marché longuement, sans trop me soucier de la direction que prenaient mes pas. Je me souviens d'avoir vu des églises : le clocher de cuivre oxydé de l'église

Saint-Irénée, puis l'église Unie Union, dont le nom m'a semblé un peu redondant. En bordure de trottoir, une borne-fontaine fuyait. Pas à grands jets, non ; elle pleurait doucement, déversant son trop-plein dans la bouche d'égout à ses pieds. Je me suis arrêtée pour la regarder. J'ai éprouvé de l'empathie, une connexion. Avec une borne-fontaine. J'en suis rendue là.

J'ai tourné sur Saint-Antoine, appelée, une fois de plus, par son nom, et j'ai marché et marché encore, croisant des rues en cul-de-sac par dizaines. Au moins, ici, les escaliers sont droits. Pas de tortillons et d'escaliers en spirale comme dans tant d'autres quartiers montréalais. Juste des lignes droites. C'est ce qu'il me faut.

Au coin de l'avenue Marin, en plein milieu de la rue, un sac de McDonald's valsait, dans le vent et le soleil, comme un hommage à *American Beauty* et à l'éphémère beauté des choses. Une porte de bois turquoise regardait la scène. Je me suis dit que j'aimerais bien habiter un endroit où on entre par une porte turquoise. Qui peut être malheureux derrière une porte turquoise ? On ne bat pas ses enfants derrière une porte turquoise. On ne frappe certainement pas à une porte turquoise pour annoncer qu'il y a eu mort d'homme.

J'étais soûle.

En face, le Café Joe m'a rappelé le Santropol, avec ses plantes dans la vitrine et ses airs de bohème. J'ai continué, suis passée devant l'Impérial, chez Christophe, les yeux sur mes pieds, sans chercher à repérer sa fenêtre. Quand j'ai fini par lever la tête, sur ma gauche la statue d'un homme massif se découpait sur le ciel. J'ai marché vers le parc exigu qu'elle surplombait : Louis Cyr. J'y ai vu un signe. Après tout, on avait un lien, Louis et moi. N'était-il pas né dans le même minuscule village que moi ? Celui où habitent toujours mes parents ? Où l'école secondaire porte son nom ? Napierville.

Tous les petits Napiervillois connaissent Louis. Le Samson canadien, l'Hercule moderne : c'est notre héros local. La force brute des paysans portée aux nues. Quoi de plus naturel pour ce coin de pays où il vaut mieux, si on veut travailler, avoir de bonnes mains qu'une bonne tête ? On allait jusqu'à nous enseigner sa vie et ses exploits, à l'école primaire. Ensuite, à la récréation, de jeunes garçons maigrichons allaient taper sur un ballon-poire en rêvant d'être le deuxième homme fort de la région. Je crois bien que je possède toujours ses mémoires – prix décevant d'un concours de dictée, en troisième année.

Mais qu'est-ce que notre Louis faisait là, dans la grande ville ? *Parc des Hommes-Forts*, annonçait l'enseigne. Il n'y avait pourtant que lui. Je suis restée de longues minutes à contempler sa statue : ses mollets comme de gros jambons, sa silhouette de cheval de trait. J'y ai vu, un peu, mon homme fort à moi. Je lui ai demandé de me rendre forte, un peu, moi aussi. Ses lourdes courbes me rappelaient les sculptures de Botero, que j'avais toujours trouvées rassurantes. Confusément, je le sentais, j'étais tout près, tout près de ma prochaine parcelle d'Antoine. Le fait que cet échantillon de parc bétonné soit situé en face d'un Home Depot augmentait vaguement mes chances aussi, il faut l'avouer.

Je ne sais plus combien de temps je suis restée là, assise sur mon banc, à implorer « l'homme qui pouvait résister à l'écartèlement par quatre chevaux » avec plus de confiance que je n'en mettais en Dieu lui-même, mais le soleil avait baissé lorsque je l'ai vu sortir du magasin. Je me suis levée d'un bond, comme si je savais. J'ai trotté vers lui en automate, cherchant la confirmation de mon intuition, alors qu'il poussait son chariot orange vif vers sa voiture en parlant au téléphone. Plus je m'approchais, plus ses lèvres, se précisant, m'aspiraient. Puis c'est arrivé. Son interlocuteur a dit quelque chose et il a souri. Éclaté de rire, même. Tout, dans cette bouche, dans ses mouvements et ses sons, appartenait à mes souvenirs, m'appartenait. J'ai souri aussi.

Puis j'ai dissimulé ma joie pour inventer une histoire crédible de damoiselle en détresse impliquant une voiture en panne, entre autres. Je sais mentir, finalement.

Je l'ai entraîné, lui aussi, dans l'appartement du Mile End. Lorsqu'il s'agit de sexe, les hommes sont si faciles à manipuler. Il suffit d'être explicite. Pour un homme adulte dont les plans pour la soirée consistaient à repeindre une cuisine, une offre de sexe gratuit avec une belle étrangère prend des airs de carnaval. De toute évidence, cet homme-là avait une conjointe. Depuis assez longtemps pour qu'elle ne brille plus autant à ses yeux. Contrairement à Antoine et moi, eux n'avaient pas évité les écueils. Dans la voiture, ses yeux se sont mis à luire, ses mouvements se sont empreints d'urgence, sa langue passait trop souvent sur ses belles lèvres, que je ne quittais pas des yeux.

Tout le long du trajet menant de Saint-Henri au Mile End, tandis qu'on montait l'avenue du Parc sans voir la montagne, le parc Jeanne-Mance ou la Buvette chez Simone, je m'efforçais d'être amusante, pleine d'esprit. Le faire sourire, le faire rire. Sa nervosité me facilitait la tâche.

J'ai voulu cette bouche sur moi ; *ta bouche, Antoine.* N'est-ce pas précisément ce que je cherchais, aujourd'hui, en déambulant sous l'autoroute ? J'avais imaginé d'avance son trajet, son souffle, sa façon de lécher et d'aspirer, que je connaissais déjà. Elle ne m'a pas déçue. Comme avant, les chemins mouillés sur ma peau. Comme avant, la langue vivante qui sait où se poser, juste en haut, là où deux rideaux de chair se referment sur le spectacle de mon sexe. Comme avant, les traces de dents, ecchymosées amoureusement sur ma fesse. Comme avant.

J'ai su, sous cette bouche, que mon deuil d'Antoine n'aurait de fin que lorsque j'aurais pu ainsi rendre hommage à chaque morceau de lui que j'avais aimé, chaque fragment d'un tout parti sans dire au revoir.

J'ai su que chaque pièce du casse-tête m'aiderait à aller mieux, à sourire de nouveau. C'était un puzzle 3D à compléter pour ressusciter. Rien d'autre ne pourrait s'y substituer. Il me fallait en retrouver les morceaux pour mieux m'en détacher. Déjà, rien qu'à les chercher, je me sentais revivre.

Lui aussi, je l'ai beaucoup photographié, pour capturer, immortaliser ce qui pourtant était déjà mort. Je me sentais glisser, glisser, évoluer dans une réalité parallèle. Et pourtant.

Ta bouche m'a dit :

— T'es à couper le souffle. Celui d'un autre, sans doute…

Je me suis sentie belle. Et j'ai souri.

Ce n'est pas moi qui ai coupé ton souffle, Antoine.

Pas moi.

HOMME FORT CHERCHE CHEVAL MORT

J'ai cherché les bons mots pendant des jours. Pour revenir vers Simone, pour lui parler, pour me dédire et lui avouer mon utérus aussi vide que le reste de ma personne. Je n'ai rien trouvé. Aucune phrase-clé que je sache assumer, qui dise l'erreur en sauvant l'honneur, qui n'insère pas de synonyme de folie entre mon prénom et mon nom de famille. En existe-t-il seulement, des mots pour dire un tel complot du corps et de l'esprit? Néanmoins, j'étais consciente que ce n'était pas le genre de secret que je pourrais garder indéfiniment. Christophe se tairait. Il avait promis. Mais moi.

J'essayais de faire la sourde oreille à cette nouvelle voix, au fond de ma tête, qui chuintait et insinuait que je l'avais fait fuir, ma boulette. Qu'elle avait préféré me quitter, elle aussi. Que c'était là mon châtiment de veuve indigne, pour l'ignominie de mes nuits charnelles avec Christophe. Je portais les mains à mes oreilles et mon ventre plat comme un opprobre ; j'évitais mon amie. Car les mots aussi me fuyaient.

Faisant les cent pas sur sa tête, incapable de descendre l'affronter, je suis tombée dessus par hasard : le fameux bouquin. Je l'avais toujours. *Louis Cyr. Mémoires de l'homme le plus fort du monde*. Il était là, sa tranche rouge usée témoignant de son statut vénérable d'ouvrage trentenaire dans la bibliothèque d'une trentenaire. Un livre sentant la sueur, pour rétablir l'équilibre, après Hubert Aquin et Marie-Claire Blais. Parce que tout faux-fuyant était bienvenu, je me suis mise à le feuilleter, pendant qu'à mes côtés, Yves Corbeil, maintenant éveillée, expérimentait un nouveau *move* consistant à laisser sa roue l'emporter à cent quatre-vingts degrés, la tête en bas, pour ensuite la faire changer de direction et repartir dans l'autre sens. Un genre de *half-pipe* pour rongeur. J'ai pensé la rebaptiser Shaun White. Mais elle n'était ni blanche ni rousse. Juste grise.

Avant même de tourner les pages du livre, j'ai reconnu la statue figurant sur la couverture. Ma statue, celle d'en face du Home Depot. Ça m'a fait sourire. Pas autant que de découvrir que Louis Cyr avait vécu ici bien plus longtemps qu'à Napierville. C'est mon père qui serait déçu. Déjà qu'il prend plutôt mal que sa fille ait tourné le dos à son patelin, il ne faudrait pas lui enlever son héros local pour l'offrir en cadeau, pieds et poings liés, à « la grande ville ». Or, le fait est qu'au début de la vingtaine, Cyr travaillait comme policier ici même, dans la municipalité de Sainte-Cunégonde. Il y aurait même tenu un hôtel et un club athlétique, rue Notre-Dame.

Entre une souris en feu et le jour qui s'éteignait, en digne enfant de mon époque, je ne les ai lus qu'en diagonale, ces mémoires, ne faisant honneur qu'à la moitié des pages jaunies de mon bouquin estampillé 1982. Les heures ont coulé, jusqu'à ce que je m'arrête sur l'anecdote du square Chaboillez.

Un beau jour, le jeune Louis patrouille le quartier avec un collègue. Il fait une chaleur suffocante, une canicule comme il ne s'en abat pas souvent sur Montréal. Un homme court vers eux et leur annonce, essoufflé, sueur au front, que le cheval du laitier vient de rendre l'âme, comme ça, d'un coup, au beau milieu de la chaussée. Âgée, accablée de chaleur, la pauvre bête s'est écroulée sur place, langue tirée et yeux vitreux. Cyr et son équipier se rendent sur les lieux pour y trouver, comme on le leur avait annoncé, l'imposant animal raide mort. Le collègue entreprend alors de rédiger un constat ; c'est la façon de procéder, dans les forces constabulaires : *À 11 h 30, le cheval de M. Tremblay est tombé dans le square...* Il s'interrompt, lève les yeux, regarde partout autour. La plaque de rue n'est pas visible.

— Louis, comment ça s'écrit, « Chaboillez » ?

Cyr se gratte le crâne. Peut-être même lisse-t-il la pointe de sa moustache du bout de ses gros saucissons de doigts, ou encore fait-il craquer ses articulations. Puis, il se penche et met ses trois cents et quelques livres de muscles à profit. Louis Cyr ramasse le cheval à mains nues et le transporte à l'intersection suivante.

À 11 h 30, le cheval de M. Tremblay est tombé dans la rue Notre-Dame.

Voilà le travail.

C'est ce qu'on appelle, encore aujourd'hui, la *loi du square Chaboillez.* Dans le doute, plutôt que de faire ou de dire une bêtise, trouvez une façon de contourner le problème.

Je commence à t'aimer, Louis.

Comme toi, forte je serai. Et, face à un problème, une façon de contourner je trouverai.

Amen.

FAIRE UNE CHECKLIST : CHECK

J'ai ma liste. Ma liste d'Antoine, en pièces détachées. Je les vois tous d'ici, ces hommes ; les imagine, comme des phares dispersés à travers la ville, fouettant le ciel de leur lumière pour m'indiquer la voie. Lequel d'entre eux sera le prochain ? Lequel viendra s'ajouter à tous ces hommes déjà empilés sur Antoine, pour l'écraser, le faire disparaître, mais aussi pour le faire renaître ? En les multipliant, je les dilue, les spolie de leur nom et m'attelle à fondre leurs attributs dans ceux du précédent et du suivant.

Moi, alchimiste.

L'automne est tombé sur la Petite-Bourgogne comme un drap de plomb. Je déambule, zombifiée, dans ses rues diaprées de feuilles ; des feuilles mourantes, lourdes et humides, en couches épaisses, comme un tapis *shag* des années 1970 imbibé sous lequel les milliers de samares ne sont plus qu'un souvenir décomposé. Le sol sent les algues et les vers de terre. Mon quartier est une forêt où auraient poussé des maisons.

La saison m'habille bien. Je suis, moi aussi, dépouillée. En mourance.

Je suis si lasse, mais le repos devra attendre. Tout comme Christophe et Simone, que je fuis, car le temps me manque pour eux, pour tout le reste. Une seule chose m'obsède désormais : tracer des cercles concentriques dans la ville, comme si j'y avais perdu une boucle d'oreille. Passer et repasser. Voir dans ma métropole un village, soudain ; trouver les visages redondants. Les rues aussi. Être souvent déjà passée ici.

Hier, alors que le soleil descendait sur elle et qu'elle m'étouffait de son étroitesse, j'ai décidé de sortir de la ville. De traverser non pas le canal, vers Verdun, que j'ai déjà sillonnée de long en large plus souvent qu'à son tour, mais le fleuve. Le sud. L'extérieur. Les cercles bleu saphir de la station Georges-Vanier, comme des pendentifs géants, m'appelaient. Des lunes briquelées de bleu rappelant Neptune, luisant dans la pénombre souterraine comme des fenêtres donnant sur un autre ciel. Je me suis dit un instant qu'en y posant le front, en plein centre, en disant les bons mots, peut-être qu'alors j'ouvrirais un passage vers un autre monde. Le Rapidotron dont a rêvé, enfant, toute ma génération. Ç'aurait été trop beau. J'ai plutôt filé le long de la ligne orange, puis de la jaune, vers Longueuil. Mes pas m'ont menée en bordure de ce fleuve dont je n'ai, depuis plusieurs années, contemplé qu'un profil. Honte à moi. L'autre est magnifique.

Le vent enroulait mes cheveux autour de mon visage, mais je ne les voyais plus. J'étais aveugle à tout, espérant ne plus embrasser que ce ciel vespéral en un dégradé parfait, du orange au bleu foncé, en passant par le jaune, le vert. Un ciel sans « arc-en », qui en avait pourtant toutes les nuances et sur lequel se découpaient, en silhouettes crevées, noires, toutes les choses dures que l'humanité avait choisi d'ériger : immeubles, ponts, grues et autres matières froides. Et les arbres, fantomatiques, imploraient ce ciel panaché de leurs bras décharnés. Cette année s'était longtemps accrochée au passé, à son été chéri, mais l'automne allait maintenant de l'avant ; infidèle récidiviste flirtant précocement avec l'hiver.

Au premier plan, les lumières du Casino dans la pénombre, séduisantes comme des sirènes, appelaient non plus les marins, mais tous ceux qui rêvaient comme eux de mer et de liberté. La nuit tombait, j'étais loin de chez moi et je mourais un peu devant cette « aurore montréale ». Je respirais l'eau et voyais la petitesse majestueuse de ma ville. Alors, j'ai eu comme une révélation ; j'ai compris. Trouver toutes mes aiguilles dans une si petite botte de foin ? Le doute s'est emparé de moi. Et si les aiguilles étaient éparpillées dans le champ, plutôt ? Et si la terre entière était à quadriller ? Je devais partir. Partir et retrouver ce que j'avais perdu. Aller loin avec mon vide comme sac à dos, avec ma poitrine en apesanteur, mon trou noir de cœur et mon ventre dépeuplé. Aller me remplir.

Aller, comme l'avait fait l'été, hiberner ailleurs.

Hier, cette épiphanie. Demain, le monde. Mais avant, aujourd'hui, il y aura lui. Lui debout, cigarette au bec, devant la grande murale peinte, coin Saint-Jacques et Des Seigneurs. Lui de dos, en haut de l'escalier, contemplant, le cou disloqué, les tons de bleu et de violet des volutes de la fresque. Lui sous le demi-sourire et le regard en coin d'Oscar Peterson. Lui et son cul comme un air de jazz, comme un cadeau à déballer.

Ton cul.

Ton cul ferme, convexe.

Et mes mains concaves, comme des bouches d'oisillons affamés.

BIENVENUE / WELCOME

On reconnaît les gens qui ont tout perdu à ce flottement qui les maintient un peu au-dessus du sol. Ils sont sans ancre, sans laisse, sans ficelle. Rien ni personne ne les retient plus nulle part. Rien ne me retenait. Alors je suis partie.

Perdre Antoine m'a libérée de tout.

Et, en cette ère de liberté glorifiée, d'individualisme pratiqué comme un sport professionnel, c'est bien, non? Non. Rien n'est plus triste que d'être parfaitement libre. Il faut être infiniment seul pour n'être retenu par rien. Parmi les arbres, je suis un bout de bois sans racines ni fleurs. Vermoulu, facile à transplanter.

Alors, je me suis transplantée.

Je n'ai pas pris grand-chose: des vêtements, mon passeport, une dernière glace au cari. Je l'ai dégustée sans pleurer, l'ai presque trouvée bonne, cette fois. Mes papilles cicatrisent, elles aussi.

Dans un bus fraîchement shampouiné, je suis partie faire le plein d'Antoine, convaincue qu'il doit être possible de s'emplir de quelqu'un d'autre jusqu'à s'évincer de soi-même.

Et j'ai abouti ici.

Dans ce village où on rêve en anglais, où on visse fièrement un drapeau dans ses terres, où on lèche le sel sur ses frites avant d'en rajouter, je me suis arrêtée. Comme une montre. J'y ai laissé mourir l'automne, s'installer l'hiver, lentement. Novembre est triste partout, j'ai vérifié. Plus encore dans un village où les moustaches n'ont rien à voir avec Movember. Quelle parcelle d'Antoine espérais-je trouver là ? Ce matin encore, je ne le savais pas. Un bled comme il s'en trouve par centaines sur la Côte Est américaine. Rien de spécial. Le même pullulement de camions à traction intégrale, les mêmes autocollants patriotiques au pare-brise de chaque véhicule, les mêmes restaurants baptisés d'un nom de femme suivi d'un *'s*, avec leurs menus contenant trop de pages plastifiées et de photos délavées. J'ai bu du mauvais café filtre chez Lucy's, chez Susan's, chez Bridget's, rassurée par la constance de leurs napperons de papier mince ornés de fioritures rouges portant l'inscription *Bienvenue / Welcome* en italique. Pourquoi cette ville-là en particulier ? Quelque chose dans l'assurance tranquille de ses hommes traversant la rue principale, sans doute.

C'est devenu clair lorsque je l'ai vu entrer et demander « la même chose que d'habitude » d'une voix trop forte. Son port de tête. Il inclinait légèrement celle-ci vers la gauche, l'air moqueur, tirant le sommet de son crâne vers l'arrière. Altier. Et plein d'arrogance. Le sourire carnassier. Comme Antoine lorsqu'il avait raison.

— Ben voyons, Antoine ! La Paz, c'est en Bolivie.

— Au Mexique, aussi. Y a deux La Paz.

Tête de côté tirant vers l'arrière. Sourire arrogant. Face à fesser dedans.

— Sydney.

— Non.

— Melbourne ?

— Nope.

— Ben là…

— Ma chérie, tu connais pas la capitale de l'Australie ?

Port de tête rogue, prise deux.

Bien sûr. C'était ça. Que pouvais-je espérer trouver d'autre dans cet échantillon d'une Amérique rurale qui ne doute pas ?

Mon fendant semble pourtant pris d'un doute, maintenant que je suis montée dans son pick-up sans demander la permission.

Mais, dans cette ville et ses semblables, les conversations sont, en longueur et en contenu, inversement proportionnelles aux menus.

Et *Bienvenue/Welcome* n'est pas qu'une inscription sur les napperons.

TOUS LES HOMMES

J'avance au pays de la consommation. Ici, les désirs sont produits à la chaîne, et tout est offert en grand format. Ici, on est tellement occupé à baver devant ce qu'on ne possède pas encore qu'on ne voit plus ce qu'on a, ce qui s'empile dans la cour. Déjà malade, j'avance dans une contrée gangrenée ; un pays qui rêve tellement qu'il ne s'éveille plus, qu'il ne vit plus. Un pays plongé dans un coma artificiel où le bonheur semble ne se conjuguer qu'au futur. Je voyais déjà l'infection ramper chez nous ; sous ces latitudes, elle atteint un stade critique.

La voilà, la maladie de mon époque, la plus grande des épidémies silencieuses, le cancer des choyés ; le même qu'ont commencé à développer tant d'amis autour de moi, mettant tout en place pour souscrire à l'idée fabriquée du bonheur moderne, de l'accomplissement, de la réussite. Ami X trouve un bon boulot, achète les bons gadgets, forme le bon type de famille, dans le bon type de maison, et investit le montant recommandé dans son REER. Il se la joue cool, indifférent, détendu, un peu cynique, même. Puis un matin, il se lève, s'assoit au bord de son lit et, pendant que sa femme parfaite et ses enfants parfaits dorment sur leurs matelas moelleux, il pose la tête dans ses mains et pleure un coup. Parce qu'au bout, complètement au bout de cette route qu'il a prise à vive allure, il croyait trouver le bonheur, et il constate plutôt le vide. Il se retrouve, essoufflé, devant l'évidence d'un échec, sans savoir où il s'est trompé. Il ne sait plus. Il se casse les dents sur ce bonheur factice, pensé dans une logique consumériste : bonheur achetable, jetable, échangeable si imparfait. Bonheur garanti ou argent remis.

Sauf que l'argent n'est jamais remis.

Les hommes dans lesquels je m'oublie ici, sur lesquels je me souviens de l'amour, ces hommes qui viennent s'échouer sur mon lit loué, ils ont tout fait comme il faut : le couple, le travail, la vie.

La grosse télé à écran plat.

La piscine.

La bonne marque de voiture.

La machine à pain, à sécher les fruits, à boisson gazeuse.

Slap Chop, Magic Bullet, ShamWow, Snuggie et compagnie.

Ils ont acheté tous les articles figurant sur le portrait publicitaire de la petite famille heureuse. Même le Ab Roller.

Pourtant.

La réalité les a rattrapés, comme un pick-up fonçant à vive allure sur un fragile cycliste. L'hiver s'est installé et je me réchauffe contre des hommes désabusés qui ont perdu leurs repères. Ils continuent d'acheter n'importe quoi en se faisant croire que ça remplira le vide de leur existence. Ils y croient de moins en moins.

Je magasine les morceaux d'un homme mort ; eux, n'importe quoi en solde chez Walmart. On est plus semblables qu'il n'y paraît. Ils s'inventent des besoins au tournant de chaque allée ; j'en suis rendue à forcer les ressemblances, à réinventer les traits d'Antoine ou à étendre ma quête jusqu'à englober l'humanité au complet. *Antoine buvait bien cette marque de bière, lui aussi, n'est-ce pas ? Et ne possédait-il pas un t-shirt semblable à celui-là ?*

Je suis naïve, et tellement commune. Un cliché ambulant, malgré ma singularité. Je m'émeus moi-même. *C'est cute.* Comme mes semblables, j'ai cru à la magie et aux garanties. Comme eux, je me gave les yeux fermés, pour ne pas voir que ce vide, dans mon ventre, n'est pas dû à la faim. Et la réalité va finir par nous péter en pleine face.

Je suis les gros Américains chez Walmart. Je suis tous les hommes.

Et notre sort est triste à mourir.

LA MAGIE DE NOËL

J'ai passé Noël nue. Est-ce pécher? Le matin du 25 décembre, le ciel déversait une neige légère, digne de ces boules de verre qu'on secoue pour y faire naître des tempêtes. Les flocons jonchaient le sol en petits grains étrangement indépendants les uns des autres, ni neige, ni tout à fait grêlons, semblables à ces minuscules boulettes blanches qui collent partout lorsqu'on égrène du styromousse en déballant un appareil électronique. Le nez et la pointe des seins collés à la fenêtre, je contemplais cette neige étrange et sèche, heureuse de n'être pas seule à refuser de me fondre dans la masse en ce soir de Noël.

Dehors les lumières, les bras chargés de paquets colorés, la magie. Dedans, une jeune femme nue. Seule.

C'est que je n'avais rien qui convienne, rien d'assez chic pour célébrer dignement la naissance du Christ, notre sauveur. Quand j'étais petite, ma mère me faisait enfiler ma plus jolie robe et m'emmenait à l'église. J'ai jugé que, dans les circonstances, ma nudité cloîtrée serait moins offensante pour le Messie que la présence, dans Son église, d'une ouaille habillée en mou.

Comme si Jésus daignait encore me regarder.

Puis j'ai eu faim. Se faire livrer un repas, le 25 décembre, tient de l'exploit. Mieux vaut s'être mis en mode cataclysme des jours à l'avance, avoir judicieusement entreposé des vivres, de l'eau potable, des allumettes, car la Terre ne tourne plus, ce soir-là. J'en étais à envisager un appel aux organismes distribuant des paniers de Noël aux démunis lorsque je suis tombée sur une pizzéria encore ouverte. Magie.

Que valent une gigantesque dinde, de la tourtière, des petites saucisses dans la sauce VH, un « pain surprise » et une orgie de desserts découpés en carrés en regard d'une large pepperoni-fromage avec un pain sec au milieu ?

Le jeune livreur a presque laissé tomber mon buffet de Noël en me voyant nue devant lui. Il était de sexe masculin et, je l'admets, c'est pas mal tout ce qu'il avait d'Antoine. Mais c'était Noël. Papa Noël n'allait pas m'apporter mieux.

Il m'a prise sur le couvre-lit, sans retirer une seule pièce de son uniforme. Ni la casquette, ni les chaussures, rien. Qu'une jeune queue surexcitée, brandie à travers une braguette à moitié ouverte. Il m'a baisée avec empressement, comme un petit chien, faisant gémir les ressorts du vieux matelas beaucoup plus que moi. Craignait-il que je change d'avis ou songeait-il avec professionnalisme aux autres pizzas, tiédissant dans sa voiture, en bas ?

Son visage avait la même texture que ma pizza.
Son permis de conduire devait être flambant neuf.
Il a joui en une minute.
Je n'ai pas payé la pizza.

LES DENTS DE LA (PSEUDO) MÈRE

Depuis que j'ai fui, le même cauchemar me réveille chaque nuit. Un rêve plein de dents. J'ai tenté de le raconter une fois, le souffle court, à un étranger étendu à mes côtés. Mais je flottais entre l'éveil et le sommeil et lui avait la peau pivelée d'Antoine ; ça rendait mon anglais incohérent. Je persistais à parler de *my teeth* à un homme qui ne s'intéressait qu'à *my tits.* C'était peine perdue. Il m'a malhabilement bercée et s'est effacé dans l'aube en oubliant ses chaussettes.

Il s'agit d'un rêve court et grinçant où je perds toutes mes dents. Elles se détachent une à une et tombent dans ma bouche : des dents sur ma langue et plein la gueule, plus attachées à rien, crissant sous celles qui sont toujours fixées à ma mâchoire. Un magma de dents et de gencives trouées, sanguinolentes. Je les recrache dans mes mains en coupe, mais il semble y en avoir toujours plus, dans mes joues, collées à mon palais, s'entrechoquant avec des sons de dés à jouer. Je pleure, serrant les poings sur ma précieuse dentition en morceaux, veux en garder les restes pour qu'on me les remette en place. Un dentiste, vite ! Chaque nuit, je m'étouffe avec mes propres dents.

Lorsque j'essaie de sourire, au matin, il me semble que ça grince de plus en plus. Derrière ma dentition droite traîne toujours le goût ferreux de ma bouche massacrée durant la nuit.

Je saute de village en village, comme d'un pneu à l'autre dans ces jeux d'hébertisme que j'aimais tant, à l'école primaire : le pied habile, mais la tête qui ne suit pas, qui prend du retard. Je ne sais plus où je m'en vais avec mon puzzle, mon Antoine à assembler soi-même, mon Antøïne Ikea : le résultat ne peut être que bancal et bas de gamme. Presque une insulte. Et puis je ne sais même plus quoi chercher. J'avance à l'aveuglette avec, de plus en plus souvent, l'impression d'oublier le vrai Antoine, d'en redessiner les contours ou de me créer des souvenirs de toutes pièces pour y faire correspondre ce que je vois. *Avait-il vraiment ces fossettes-là ?* Sous mes pieds, tout tremble : je peux sentir les vibrations puissantes d'un train en marche dont je parcours les wagons machinalement, sans plus savoir comment on en descend ou si c'est encore possible. Ma mère avait l'habitude, en parlant de relations amoureuses, de dire qu'une branche, une fois cassée, peut être recollée presque parfaitement, maintenir l'illusion, mais qu'elle ne repoussera jamais. De même, Antoine, en morceaux recollés, n'est que poudre à mes yeux. Il ne peut plus pousser, ne peut plus faire fleurir ou bourgeonner quoi que ce soit en moi ; j'en suis maintenant certaine. Figé dans le temps et dans l'absence. Comme son enfant-fantôme.

Je n'arrive même plus à me rappeler ce que j'espérais trouver au terme de cette quête. La paix ? Une forme de bonheur ? Je suis devant un vide insondable. Mon trou n'a pas disparu ; il n'a même pas été un peu remblayé. Je suis ce trou. Existais-je avant Antoine ? Peut-être suis-je morte avec lui, avec notre enfant-néant ? Reste que les corps d'hommes s'empilent sur le mien comme des cadavres dans un charnier et qu'il me prend des envies de remonter. De refermer la fosse.

C'est peut-être là-dessus que je devrais m'user les dents.

S'ARRACHER LES MAMELONS DANS DES TOILETTES DE BAR

Parfois, d'une façon vaguement rock et inexplicable, il m'arrivait, autrefois, de me sentir profondément sexy les lendemains de fête. Du temps d'Antoine, je les chérissais, ces moments où, ravagée et pâteuse, j'étais prise d'une langueur, d'une mollesse remplie d'envies d'être nue et de continuer à boire. Aujourd'hui, ce sentiment m'a complètement désertée. Il y en a trop, dans mon exil, de ces lendemains qui déchantent ; ma vie est un perpétuel jour d'après, mes réveils gémissent. Je suis déçue, chaque fois que je reprends conscience, d'être encore là, de ne retrouver que moi, plus amochée que jamais. Mon pathétisme colle à mes matins comme la chassie séchée aux coins de mes yeux.

Ça fait des mois.

Je ne les compte plus.

Ce soir – douce ironie –, je fête la Saint-Valentin. Je porte une robe ballon rose et courte qui découvre entièrement mon dos. Sexy et élégante à la fois. Festive. Antoine jugeait que la nudité d'un dos était le nec plus ultra du dévoilement corporel ; l'antithèse de la vulgarité d'une poitrine exposée. J'ai acheté le vêtement hier, sur un coup de tête, en pensant à lui. L'air siffle ce soir le long de mes muscles dorsaux, coule sur la chute de mes reins, s'infiltre et me fait frissonner. Elle a sans doute contribué à faire en sorte qu'il me remarque, cette robe, alors que j'ondulais, en transe, au milieu de la piste de danse décorée de cœurs et de guirlandes roses. Je l'avais remarqué aussi, mais c'est lui qui est venu me parler.

Accrochée à ses lèvres, je verrouille derrière nous, à tâtons, la porte de l'une des nombreuses toilettes individuelles de ce bar branché. Lui se jette sur moi comme une pieuvre ; ses mains et sa langue sont partout à la fois. Il est le kraken et je me laisse dévorer. Quelque chose comme un instinct, l'habitude, le pilote automatique me pousse. Je ne me demande même plus si je trouve ça bon.

J'agrippe des deux mains les rebords du lavabo blanc immaculé et lui présente mes fesses, aguicheuse. J'ondoie pour l'appâter. Lui relève ma robe sur mes hanches, gourmand, puis s'arrête, émet un petit rire : mon bas résille noir a un trou à la fourche, un accroc. La brèche donne vaguement l'impression qu'un autre homme a foré son chemin et s'est introduit là avant lui. Gênant. Je secoue un pied, puis l'autre, envoyant valser mes escarpins, puis retire vivement le bas incriminant, que je balance à la poubelle. L'inconnu me sourit, prend mon visage à deux mains et m'embrasse, m'aspire. Il est beau, grand, gentil. Il m'a dit son nom. Je l'ai oublié.

Soudain, il décide de s'attaquer à ma robe, la détache d'un coup, sans me laisser le temps de réagir, m'exhibe comme on gifle. Ma robe sans dos a glissé au sol comme tombe le rideau au théâtre ; cette robe spéciale ne permettant pas le port d'un soutien-gorge ordinaire, qui m'a contrainte à me rabattre sur des machins autocollants en silicone couleur chair. Deux ovales aussi affriolants qu'une gaine gériatrique. Après une longue seconde, je balbutie une excuse, laisse échapper un rire nerveux, arrache violemment les deux bonnets et pratiquement mes mamelons au passage. Concentré sur l'objectif, mon amant improvisé s'empare de mes seins rouges, traumatisés, les porte à ses lèvres, les boit.

Je suis passablement humiliée, déjà.

Passablement soûle, aussi. Heureusement.

Aller de l'avant. Ignorer mon malaise. Lui ne semble guère enclin à s'arrêter pour si peu. Je gémis et l'aide à retirer ses vêtements à son tour. Farfouillant dans mon sac à main, je finis par dénicher un préservatif et le lui tendre. Il fait d'abord mine de refuser, puis accepte avec empressement en voyant la noirceur de mon regard. Tandis qu'il l'enfile, je me retourne, remets mes mains sur le bord du lavabo et m'aperçois dans le miroir.

Il entre en moi.

Je me regarde.

Il va, il vient.

Je me trouve laide. Si laide…

Qu'avait-il d'Antoine, celui-là, déjà ?

Je ne sais plus.

Rien, tu le sais bien. Estelle, qu'est-ce que tu fous ici ?

Il me fore, déterminé à pomper un plaisir qui ne monte pas. Je suis une étendue de sables bitumineux récalcitrante.

C'est le dernier. Ça suffit.

— *Ugh... sorry... but... you're bleeding...*

L'étranger se retire doucement et me montre sa queue, ses doigts, ensanglantés. *Ben voilà, champion. Tu l'as trouvé, ton gisement.*

C'en est trop. Je ne sais plus dans quelle langue je lui crie de partir, lui fourguant ses vêtements dans les mains. Décontenancé, il se rhabille en vitesse, souillant ses jeans de sang au passage. Je referme presque la porte sur ses doigts rougis et m'y adosse.

Je suis nue, brisée. Des hoquets me secouent le corps et j'ai froid.

Estelle, qu'est-ce que tu fous ici ?

Sur le carrelage pâle, devant moi, luit une lourde goutte d'un sang épais, étalée en un rond parfait, plus sombre en son centre. Je revois l'autre gouttelette, celle sur la plinthe de mon ancien appartement, seule preuve de ma tentative de suicide. Et soudain, d'une goutte à l'autre, une boucle est bouclée. La révélation fond sur moi :

C'est vain.

Je peux parcourir le monde entier, chasser, traquer, trouver chacune des mille parcelles d'Antoine qui m'habitent et dont j'arrive à me souvenir, de ses orteils à ses ronflements, jamais je ne retrouverai l'élément le plus important. Jamais.

Son amour.

Cet amour unique et chaud qui me faisait vivre, vibrer et respirer, exister, je ne le retrouverai pas. Ma quête est vaine. Pendant près de neuf ans, je n'ai été qu'une aimée et, aujourd'hui, me voilà à tenter de collectionner mon homme comme une aimante. Depuis des mois, je me prends pour une conne. Je me mens.

Mais là, assise dans mon sang menstruel, dans une flaque me rappelant, une fois de plus, mon ventre vide, entre ma robe en tas, une poubelle dont dépasse un bas résille et un évier où gisent deux cercles de silicone, dans un bar qui boit en anglais, je ne me crois plus.

Mes amis me semblent loin, soudain.

E.T. TÉLÉPHONE MAISON

Un taxi nous vomit, mon sac à dos et moi, sur les marches de l'Impérial. Sept mois se sont écoulés depuis la dernière fois que je me suis tenue ici. J'ai l'impression que c'était il y a dix ans ; une vieille dame revenant sur les lieux de sa jeunesse fanée.

J'ai vieilli.

Il faut que je voie Christophe. Que je retrouve son visage, sa présence rassurante, et récupère à travers lui. ce que j'ai perdu de moi-même. Je me suis oubliée, et seul Christophe peut se souvenir de moi, de ce moi dont je me suis dépossédée.

Rappelle-moi qui je suis, Christophe ; ce que les gens aimaient de moi ; ce qui me rendait unique et belle. Redessine mes contours.

Je sonne. Rien ne se passe.

L'interphone appelle le vide, et tout se serre dans ma poitrine. Et s'il était parti ? S'il s'était enfui, lui aussi ? Je revérifie que c'est bien son nom qui est écrit à côté du numéro 225. J'attends. Je sonne de nouveau.

Une lave de panique monte en moi, brûlante. Christophe doit être là. Il ne peut pas ne pas être là. J'ai besoin de lui, besoin d'atterrir en terrain connu, d'être accueillie. Je fais les cent pas autour de mes bagages, triture mes cheveux maintenant mi-longs, mordille mes lèvres sèches. Puis, soudain, je me trouve stupide.

Son studio!

Taxi numéro deux: 5524, rue Saint-Patrick.

Le jour décline lentement sur l'immeuble de briques rouges aux hautes fenêtres. En face, un parc longe le canal. Cyclistes et coureurs y défilent, insouciants, profitant des derniers rayons de ce soleil printanier. J'entre dans le Complexe Dompark, et les craquements familiers de ses planchers m'accueillent, annoncent mon retour, un pas après l'autre. Sous mes pieds, ces lattes de bois incrustées de milliers d'agrafes racontent le passé, témoignent de la première vie de ce bâtiment ayant appartenu à la Mount Royal Spinning Company, un des fleurons de l'industrie textile canadienne. Je passe des dizaines de portes – d'autres lofts commerciaux –, accélérant le pas. De loin, la porte du studio de Christophe me nargue. Fermée. C'est toujours ouvert lorsqu'il y est. Découragée, je m'arrête devant cette porte, reconnaissable entre toutes aux multiples photos, articles de magazines, reportages de mode qui y sont épinglés: une porte-portfolio. Je frappe sans y croire.

Il n'y est pas. Je le savais déjà.

Je me laisse glisser jusqu'à terre. Me défaire de mon cellulaire, lorsque je m'étais enfuie, m'était apparu comme un geste fort, plein de sens. Une coupure. *Ça existe encore, des cabines téléphoniques?* Je ne peux pas aller chez moi. Je ne sais même pas si j'ai encore un chez-moi. J'ai besoin de voir Christophe, de prendre le pouls. Je cogne ma tête contre la porte, puis y presse une joue, une oreille, pour écouter. Je suis ridicule. Il n'y a personne dans ce studio.

Mais, devant mes yeux, il y a quelque chose. Un carton attire mon œil. Là, sur la porte, est épinglée l'annonce d'une exposition se tenant ce mois-ci à l'Arsenal.

Et je reconnais la photo qui s'étale sur cette carte. Je la reconnais, car c'est moi qui l'ai prise.

Les mains du déménageur.

ESTELLE-
IN-THE-BOX

Je monte l'escalier extérieur et entre à l'Arsenal d'un pas incertain. Je ne suis pas sûre de vouloir voir cette exposition. Mon exposition.

Je traverse le long couloir abritant la collection permanente et m'avance vers la Galerie Division, tout au fond. Sur ma gauche, une œuvre constituée d'une série de miroirs ronds me renvoie mon image. Dans le premier, c'est moi, claire, nette, définie. Dans la glace suivante, je suis déjà plus floue. À chaque pas, je m'embrouille davantage. Devant le dernier miroir, je m'arrête et contemple mon image brumeuse. Face à mon reflet en dissolution, je rassemble mes forces, entre dans la galerie et me retrouve entourée de toutes ces parties d'Antoine, ces morceaux de corps qui m'ont bercée d'illusions. Les tirages sont immenses, imposants sur les murs blancs. Tout est magnifié. J'en ai le souffle coupé un instant. L'espace de quelques secondes monte en moi une envie de saccage : arracher les cadres des murs, déchirer le papier photo, faire un grand feu. Effacer. Purifier. Incinérer pour apaiser Dieu. Le portrait est, de toute façon, incomplet : il manque tous les autres, ceux d'après ma fuite. La perfectionniste que je suis s'en trouve agacée. Mais ça n'a plus d'importance.

— J'espérais que la rumeur de l'expo se rendrait jusqu'à toi… Que ça te ferait revenir…

La voix de Christophe est triste et fébrile à la fois. Je me retourne et nous voilà, au milieu d'une galerie d'art vide, dans le silence et la blancheur, à trois mètres l'un de l'autre, à nous faire face comme des cowboys en duel. Je le regarde et prends la pleine mesure de ce que je lui ai imposé. Son corps amaigri, sa barbe négligée, ses cernes bleutés me disent la folie qui a dû s'emparer de lui lorsque je suis partie. Et moi, aussi ingrate et inconsciente qu'une adolescente en fugue, je me suis permis de disparaître en ne lui laissant qu'un court message gribouillé sur un post-it. Et des mensonges à raconter à tout le monde. Des mensonges de ventre rond et d'esprit qui s'aère, des mensonges pour lui-même, sans doute, aussi.

Puis, voilà que je reviens, brutale, comme ces clowns effrayants qui jaillissent d'une boîte colorée. *Jack-in-the-box.* En français, on les nomme « diables à ressort ». C'est effectivement diabolique de ma part de ressurgir ainsi en espérant des bras ouverts. Je le sais.

Je n'ai pourtant pas douté un instant que c'est auprès de lui que je viendrais m'échouer en premier, tête basse, quémandant un pardon immérité.

— J'ai vu le carton sur la porte de ton studio.

Pendant de longues secondes, mon ami me dévisage. Il m'aime et me hait, hésite entre me serrer dans ses bras et m'injurier, ça se voit. Lorsque les larmes roulent sur ses joues, je sais que je suis sauve.

Christophe m'ouvre les bras.

Je suis toujours aimée.

ON PREND TOUJOURS UN TRAIN

Quand on se lâche enfin, il esquisse un geste flou de la main, ouvre la bouche. Christophe semble vouloir commencer mille phrases et n'en trouver aucune qui convienne. Il soupire.

— T'as une tronche horrible, la petite…

— Toi aussi, cher.

— On va prendre un café ?

— Plutôt un verre.

Drinkerie Sainte-Cunégonde. Nos fesses se posent sans hésiter sur la longue banquette ocre du fond, et on se retrouve tous deux adossés au mur de briques, du même côté de la table, deux passagers d'un même train : le meilleur véhicule pour se confier, Josélito l'a démontré ! L'empathique animateur fait toujours face à ses invités, mais nous, avec nos yeux qui parlent trop, ma honte collante et nos hypocrisies anciennes, on ne pourrait pas. Fidèles reçus au confessionnal, on revendique le droit de se dérober au regard de l'autre ; les mots sans le poids des yeux, l'illusion d'être à l'abri de tout jugement.

— Veux-tu commencer par m'expliquer cette expo-là ?

Ma voix est douce, dépourvue d'accusations. Christophe se laisse choir contre le dossier avec un long soupir et je pose, craintive, légère, ma tête contre son épaule. Sitôt l'alcool commandé, il passe une main sur son visage et ouvre les valves. C'est un ruisselet, d'abord, qui se fait rivière, puis fleuve. Peu à peu, ma tête ose assumer son poids contre lui, tandis qu'il parle sans discontinuer.

— Un soir, ça faisait déjà une couple de mois que t'étais partie, j'étais chez moi pis M. Lucien a appelé...

— M. Lucien ?

— Ouais, mais moi, sur le coup, je l'ai pas replacé. J'ai fait semblant que oui pis je l'ai laissé parler. Je fais tout le temps ça, dans les cocktails, j'attends que ça me revienne, qu'on me donne des indices...

J'avais, par le passé, laissé le numéro de Christophe à M. Lucien comme numéro d'urgence. Évidemment, avec moi qui n'étais plus joignable, le pauvre homme avait dû se rabattre sur lui pour tenter d'être payé.

— C'est ton ancien proprio. Votre ancien proprio, à Antoine et toi.

— Je sais qui est M. Lucien.

Je devine assez bien la suite de l'histoire, sais précisément ce que mon ami a trouvé dans mon ancien appartement : des photos, partout. Des photos d'hommes, jamais entiers, jamais identifiables. Des morceaux de corps, des morceaux d'Antoine. Je l'imagine parcourir cette exposition privée, lentement, reconnaissant en arrière-plan, dans les coins, parfois, un bout de carrelage, de tapisserie, une fenêtre racontant que ces photos avaient toutes été prises là, dans l'appartement vide. Je vois d'ici son regard fasciné. Il a dû les trouver belles, ces photos. Elles ont dû lui faire mal, aussi.

— C'était cru pis sensuel en même temps. Y avait quelque chose de l'esthétique d'Helmut Newton, le même côté voyeur, mais avec comme un trouble, un mystère… Pis les membres inertes, ça me rappelait certaines séries de Guy Bourdin. Pis ça ressemblait à rien en même temps… C'était juste des parties de corps pis c'était tellement plus. Ta lumière…

Christophe s'arrête et me regarde.

— Mais tu le sais… C'était ça l'intention, non ? Ça donnait l'impression d'avoir affaire à plein de morceaux d'un même corps. Pourtant, le teint, la pilosité, la texture de la peau… C'était clair que non, que t'avais pris plein d'hommes différents… Le photographe en moi capotait. L'homme trouvait ça plus dur à avaler.

— Pourquoi t'as voulu les exposer, alors ?

— Premièrement, je comprenais trop bien ce que t'avais voulu faire…

Trop bien ? Christophe se tait un instant, et je me demande soudain si j'ai pu être son Antoine, si sa trop grande compréhension de ma folie résulte du fait que celle-ci rejoint la sienne… Je l'imagine chercher des millimètres de moi sur la peau de chacune des femmes qu'il a dû dévêtir après mon départ ; sur chaque gorge, tenter d'embrasser la mienne ; sur chaque sein, espérer trouver le rosé de mon mamelon à moi, mes trois grains de beauté. A-t-il dégringolé le long de chaque dos avec déception, pour finir par pilonner sa frustration entre les reins de pâles copies ? Moi qui avais trouvé, touché, capturé, j'aurais réussi, avec mon Nikon, ce que lui n'aurait accompli qu'en pensée ?

Quelle présomptueuse tu fais, Estelle !

— Deuxièmement, je les détestais, je les admirais, elles me possédaient.

Il marque une pause, l'air songeur.

— J'ai pris les photos, envoyé ton lit à l'Armée du Salut, payé ta dette au propriétaire avec un mois en prime, résilié ton bail.

— Sa contrebasse ?

— Elle est chez toi.

— Merci.

Christophe avait apporté les photos chez lui et s'était retrouvé, de son propre aveu, à graviter autour, à y penser en touillant ses céréales, au petit-déjeuner, à tenter de réécrire leur histoire durant ses nuits d'insomnie, de déterminer son rôle dans tout ça. Il a dû trouver dans ces images des boulets trop lourds à porter pour lui seul : mon manque d'Antoine, gouffre insondable, ma quête désespérée de lui, cette intimité que j'avais su recréer au-delà de la mort, que j'avais jalousement cachée aux regards, à son regard, alors même qu'il me croyait sans doute un peu sienne. Cet amour, sous son nez, hors de portée, comme toujours. Comme avant.

Mon ami descend le reste de sa pinte, rivière dorée, apaisante.

— J'avais dit oui à Anne-Marie pour une expo, mais je produisais plus rien. Pis j'ai réalisé que j'avais besoin de les rendre publiques, tes photos, pour qu'elles soient de l'art, pas un journal intime.

Je comprends.

Tête toujours contre sa solidité. Yeux dans mon cidre. Lui garde le regard haut, loin du mien, le laisse se perdre dans les multiples cadres de l'entrée, les coupures de journaux aux murs, les détails embossés du plafond. Un long silence plane, plein du bourdonnement du bar qui s'anime, du bruit des verres qui s'entrechoquent et du rire des filles affairées à plaire.

— Tu m'en veux pas trop, mon ange ?

Non. Je ne lui en veux pas. Je suis simplement lasse. J'ai cette impression d'avoir fait le tour, d'être allée au bout de quelque chose. De m'être vidée comme on vide un tube de dentifrice, en appuyant fort, puis en le roulant et, finalement, en mettant les ciseaux dedans pour en racler l'intérieur et être certaine qu'il ne reste rien. Le sentiment d'être à une croisée des chemins ; prête à m'éteindre ou à renaître.

— Je te ramène chez toi, mon cœur ?

— J'aimerais aller chez toi, plutôt.

Station Christophe. Tous les trains ont leur terminus

APPRENDRE À AIMER DE FAÇON CAVALIÈRE

Une fois de plus, je dors dans le lit de Christophe. Dans ses draps aux effluves musqués, je ne rêve pas. Mes dents cessent de vouloir me quitter pour aller mordre dans une autre vie. Mon ami me laisse me soûler de sommeil, m'en gaver jusqu'à en avoir le visage bouffi et les membres ankylosés. Lorsque je refais surface, il est là.

— Faut que je te dise quelque chose, Estelle…

— Chhhh…

Ensommeillée, épidermique, je me blottis dans ses bras. Plus tard. On parlera plus tard. Pour l'instant, il n'y a plus que cela : ce sentiment d'être à la maison, dans les bras de Christophe. Mon deuil n'est peut-être pas fini, mais le cauchemar, lui, l'est. Je ne veux plus fuir. Au contraire, je veux m'enraciner ici, dans ce lit, dans ces bras. Sans le décider, comme une plante cherche la lumière, je m'extirpe de tout ce qui n'est pas moi – vêtements, draps –, je m'entortille autour de Christophe, en lui. Nos corps nus sont comme des lianes, comme de la vigne vierge, mutuellement envahissants.

Mon ami ne sera plus jamais mon ami, et c'est à moi de marquer la transition. Christophe, étendu, renversé, accueille mes assauts inamicaux. Mes cuisses se serrent autour de ses hanches, et je descends lentement sur lui. Ma tête touche presque le plafond; j'y appuie les mains tandis qu'ondulent mes hanches. Tout mon corps traque son plaisir à lui. Et je me sens entière. Pleine. Sa queue me remplit, et c'est un ballet.

C'est moi qui lui fais l'amour.

On s'embrasse malgré les cicatrices, on se touche à pleines mains, à pleine bouche, j'accepte qu'il n'est pas lui, que l'avenir a un autre visage. J'accepte d'avancer.

Lui s'agrippe fort à mes fesses lorsqu'il jouit, me soulève un peu, presque jusqu'à s'extraire de moi, puis me laisse retomber. Je m'affale sur sa poitrine comme un sac de sable, lourde, humide. Nos cœurs tonitruent à l'unisson. Christophe ramollit en moi et je ramollis en lui.

Tout ce qui est fermé s'ouvre et ce qui est ferme fond.

— Mon cœur, faut vraiment que je te dise quelque chose…

— Hmm ?

— En fait, je sais pas… comment… Faudrait que tu ailles voir Simone, je pense…

Quelques mots et ses yeux s'enténèbrent, me solidifient l'intérieur en débâcle. Le bout de mes doigts devient froid.

— Rien de grave, j'espère ? Elle a eu son opération pendant que j'étais pas là ?

— Ben, justement... Non.

LE REGARD QUI TUE

Mon entrée est, littéralement, fracassante. Je pousse la porte de la boutique lentement, à deux mains ; une porte obèse, soudain lourde et infranchissable, comme celles du métro lorsque les vents d'hiver s'en mêlent. Une porte lourde comme ma culpabilité de fugitive, de lâche ayant quitté le navire dans le dernier canot de sauvetage. Simone, juchée sur un escabeau, un fragile luminaire à la main, se tourne vers moi. Un cerf dans la lumière des phares : elle fige, ses yeux s'arrondissent, ses doigts lâchent prise. Au ralenti, la suspension de verre va s'aplatir au sol avant d'éclater en mille morceaux. Mille diamants roulant sous les chaises vintage, mille éclats coupants qu'elle ne semble pas voir, qui ne font pas le poids devant le tranchant de ma présence ici. D'un seul et même mouvement de tête fluide, Simone me dévisage, jette un regard vers l'arrière-boutique, tend l'oreille l'espace d'une seconde avant de compléter la boucle et de ramener son regard sur moi.

— Estelle… t'es revenue.

Ses ballerines descendent lentement les marches de l'escabeau, à tâtons ; ses longues jambes dansent devant mes yeux. Son corps fait seul les manœuvres d'approche, tandis qu'elle, elle ne me quitte pas du regard. Mon amie a la fatigue qui lui colle au visage, qui lui tire la peau, et des lourdeurs que je ne lui connaissais pas. Ses cheveux sont un peu longs, un peu gras, et ses vêtements anonymes.

Simone a l'énergie maigre et la prestance en berne. Ça me fait mal. Je déglutis.

— Est-ce que tu me détestes, Sim ? Tu m'en veux d'être partie comme ça, sans prévenir ?

Simone balance la tête de gauche à droite avec lassitude. Le poids de la porte semble maintenant sur ses épaules. Et, dans sa gorge, une boule audible.

— T'as fait plus de mal à Christophe qu'à moi…

— Je sais. Je l'ai vu.

— Non, tu sais pas.

La voix douce, pleine de tristesse, Simone me dit ma désertion et le travail de Christophe devenu sans âme. Lui cerné, gris, vide. Toutes ces photos qu'il prenait en série, génériques, clichées, tout juste bonnes pour les banques d'images bon marché. Elle me le dit sans accuser, sans tenter de me faire sentir coupable. Ce sont des faits. Simone, les yeux flous, me raconte le factuel de mon absence, comme si elle la revivait.

Elle exsude avec un soulagement croissant ces mois que je sais noircis par ma faute, me relate l'errance de Christophe, ses brochettes de nuits blanches passées à baiser tout le monde. N'importe qui. Vraiment. Une succession de culs sans visages qu'il prenait sans doute par-derrière, trop fort, en les rebaptisant parfois. Mélanie, Jacinthe, Myriam.

Clémentine, tiens.

Puis, les lendemains, il venait penaud, coupable, s'affaler dans une chaise et raconter à Simone quels traits avait pris son vide la veille. Des femmes entre ses doigts, égrenées comme les perles d'un chapelet. Au matin, il les noyait, une après l'autre, dans un café trop fort, tendu par la main compatissante de Simone.

Les paroles douces de mon amie me laissent entrevoir les dunes de ces dos de femmes, les déserts que mon ami a traversés, la soif. Simone ébauche pour moi les contours d'un cataclysme dont je suis l'épicentre.

J'ai l'impression de marcher sur les ruines de sa colère. Une colère qui a dû être grandiose, sublime, dévastatrice, mais dont les braises se sont éteintes avant mon arrivée. Il n'en reste que des cendres.

Simone a un petit rire sans joie.

— Une fois, il avait ramené une Julie ou une Karine, je sais plus… Elle lui a demandé ce qu'il foutait avec une souris dans un aquarium. Elle riait, il paraît. Christophe est comme devenu fou. Il a hurlé, l'a sacrée à la porte à moitié nue, avec son linge dans les bras.

Yves Corbeil. Christophe a pris soin de ma souris bâtarde. De mon bébé vermine adopté, mon seul bébé. Je l'ai rendu fou, je l'ai abandonné et lui a catiné une souris parce qu'elle m'appartenait.

— Tu te rends compte, Estelle ? La fille le traitait de pauvre con à travers la porte en se rhabillant et lui, pendant ce temps-là, il remettait de l'huile dans la roue de ta souris pour qu'elle arrête de grincer ! Pis pas du Jig-A-Loo: de l'huile d'olive! Parce qu'il s'était rendu compte que ton p'tit rat léchait l'huile…

— Je suis tellement désolée, Sim…

— Sois pas désolée. On peut plus rien regretter. Les choses sont comme elles sont, pis c'est tout'.

Il y a alors entre nous ce long silence, cette énorme poche d'air qui nous garde un instant suspendues hors du temps et du réel, bout d'éternité pendant lequel on se contemple toutes deux. Nos épaules tombent, s'affaissent en même temps, comme des valises trop lourdes, portées trop longtemps. Puis on s'étreint.

Je touche sa nuque et remercie le ciel d'avoir une telle amie.

Simone, elle, se met à pleurer.

C'est au moment où je remarque la lourdeur de ses seins contre ma poitrine que de l'arrière-boutique nous parvient un bêlement aigu. Des pleurs de chatte en chaleur dédaignée par les matous, au fond d'une ruelle, un soir d'été; au-delà des sofas, des méridiennes et des tabourets, ça vagit. Simone se raidit et me tient encore plus serrée contre elle, m'emprisonnant dans ses longs bras, empêchant toutes les questions qui nagent dans mes prunelles de l'atteindre. Dans mon oreille, elle jette des mots précipités, des mots peut-être répétés cent fois, mais qu'il lui faut aujourd'hui débiter en accéléré, pressée qu'elle est par la situation.

— Je voulais pas le garder, Estelle. Je te jure. L'avortement était planifié, j'avais un rendez-vous. Pis j'ai pas pu… Pas été capable… J'en ai pris un autre et j'ai encore changé d'idée. Mais quand tu m'as dit que t'étais enceinte, là j'ai pris un troisième rendez-vous pis c'était sûr que j'y allais…

Sauf que le jour où elle devait s'y rendre, à cet ultime rendez-vous, je m'étais déjà évaporée depuis dix jours. Christophe avait offert de l'accompagner et elle, une fois la voiture arrêtée devant la clinique, s'était effondrée. Simone avait tout dit à Christophe à propos des avortements qu'on déguise en Pap anormaux. Sur le tableau de bord, elle avait étalé les dessous de son dilemme ne comportant que de mauvaises options.

En échange, Christophe lui avait parlé de moi.

— Il m'a avoué que t'étais pas enceinte, finalement…

Du bout des lèvres, Christophe avait révélé mon ventre vide, ma tête créatrice de bébés-fantômes et mes poumons partis essayer de respirer un autre air. Devant la clinique, la voiture avait redémarré sans qu'une portière ait été ouverte. Aucun autre rendez-vous n'avait été fixé par la suite. Du moins, pas de ce type.

Mon amie se tait, soupire et me lâche brusquement. Sous les pleurs qui enflent, elle me repousse presque, se détourne et se hâte vers le fond de la boutique. Zigzaguant entre les chaises Solair que j'aime tant, elle disparaît.

Lorsqu'elle revient, elle marche vers moi, craintive et déterminée à la fois, avec quelque chose au creux des bras, un ballot qu'elle ouvre devant moi, tout en gardant une distance précautionneuse.

Je n'y comprends rien, j'enregistre l'information par morceaux, des îlots sans liens entre eux : Simone, enceinte ; moi, vide ; l'indécision de mon amie ; avorter, ne pas avorter. Et ma propre grossesse qui semble avoir eu un impact sur la sienne, d'une façon ou d'une autre. Aurait-elle voulu avorter pour m'épargner ? Pourquoi ? Par peur de me blesser en jetant son plein à la face de mon vide ? Impossible, puisqu'elle n'en savait rien, me croyait toujours enceinte. Le flou est un lac noir, et j'y surnage avec peine. Je veux m'asseoir ; je cherche des yeux la bonne chaise où avachir mon désarroi.

Puis, soudain, je revois en pensée les ciseaux agressifs de Simone dans mes boucles brunes. Et la dernière fois où on s'est parlé, elle et moi ; cette étrange dispute qui nous a scindées, plusieurs mois auparavant. Elle se rappelle à ma mémoire, cette fois où j'ai senti, au tréfonds de l'organe pulsant qu'est notre amitié, que les battements se faisaient irréguliers ; cette fois où j'ai vu sans vouloir voir. Et le visage de Christophe, après l'amour. Comme coupable. *Mon Dieu, de qui est cet enfant ?*

Alors seulement je baisse le regard, vois ce que j'ai senti contre moi plus tôt : les seins lourds de Simone sous le t-shirt. Et ce petit paquet de chair fripée dans ses bras ; ce minuscule bout d'humain au teint basané qui s'égosille et ouvre grand les yeux, me regardant aussi, me laissant sans voix. En une fraction de seconde j'entrevois ma vie entière ; l'avant, le maintenant et l'après s'entrechoquent, se poignardent. Un regard et je n'ai plus de passé ni d'avenir. Il est le basilic, le Catoblépas et Méduse à la fois.

Il a ses yeux.

Les yeux de son papa.

ÉPILOGUE

Antoine sort sur le balcon et referme la porte de l'appartement derrière lui. Le printemps vient à peine d'éclore et ça sent bon. L'air est plein de promesses. Il attache la sangle de son casque orange, détache son vélo de la rambarde. En apercevant le soutien-gorge rouge d'Estelle, dont une moitié pend mollement hors de la boîte aux lettres, il laisse échapper un soupir.

Il lui dira ce soir.

Même si le sexe est bon.

C'était la dernière fois.

Pédale, pédale, pédale et pense trop. Pense saccadé. Pense hachuré. Tourmente sous le plastique orange du casque.

Il lui dira.

Ce soir.

Que c'est fini.

Qu'on se lasse même du meilleur plat quand on en mange tous les jours, pendant dix ans.

Ou presque.

Pédale, pédale.

Il lui dira. Qu'il est amoureux. D'une autre. D'une autre qui le lui rend mieux.

Pas facile à dire, ça.

Mais pas le choix de cracher. Et vite.

Dire les choses avant qu'elles ne se voient. Avant que *ça* ne se voie…

… Que Simone est enceinte.

Remerciements

Mes pensées affectueuses vont, avec une certaine nostalgie, vers le Banff Centre, la Leighton Artists' Colony et, plus particulièrement, le studio Hemingway. Mon studio. Sous ses larges poutres de bois rond, entre ses murs incurvés et vitrés, au beau milieu de la neige, des montagnes, des pins, des martres, des cerfs et des wapitis, j'ai enfin pu trouver le temps et l'isolement nécessaires pour parachever cette histoire – à quand un tel havre de paix, de créativité et d'inspiration chez nous, au Québec ? Merci à toute l'équipe de la Zone d'écriture de Radio-Canada : je n'aurais jamais mis le bout du pied dans ce paradis sans vous.

Merci à Mélanie, sans qui ce roman ne serait pas ce qu'il est.

Merci à Annie pour ses conseils avisés, son dévouement et sa patience.

Merci à Martin Balthazar, dont l'enthousiasme me fait parfois regretter de ne pas me consacrer à temps plein à l'écriture, ne serait-ce que pour pouvoir me lancer dans l'un des mille projets qui l'habitent.

Merci également à mon homme, ma moitié, celui qui est pour moi tous les Antoine et Christophe du monde réunis. Même en pièces détachées, je ne pourrais te reconstituer.

Cet ouvrage composé en Bembo corps 12 a été achevé d'imprimer au Québec
sur les presses de Marquis Imprimeur le onze mars deux mille quatorze
pour le compte de VLB éditeur.